The Basement

Stephen Leather

A Novel

地下室

史蒂芬・萊瑟——著

傅凱羚——譯

臉譜小說選 24

地下室 The Basement

作　　者	史蒂芬・萊瑟（Stephen Leather）
譯　　者	傅凱羚
封面設計	許晉維
業　　務	陳玫潾
行銷企畫	陳彩玉、蔡宛玲
責任編輯	林欣璇
總 編 輯	劉麗真
總 經 理	陳逸瑛
發 行 人	涂玉雲
出　　版	臉譜出版 104台北市中山區民生東路二段141號5樓 電話：02-25007696　傳真：02-25001952 臉譜部落格：facesfaces.pixnet.net/blog
發　　行	英屬蓋曼群島商家庭傳媒股份有限公司城邦分公司 104台北市中山區民生東路二段141號11樓 客服服務專線：02-25007718；25007719 24小時傳真專線：02-25001990；25001991 服務時間：週一至週五上午9:30-12:00；下午13:30-17:00 劃撥帳號：19863813　戶名：書虫股份有限公司 讀者服務信箱：service@readingclub.com.tw
香港發行	城邦（香港）出版集團有限公司 香港灣仔駱克道193號東超商業中心1樓 電話：852-28778606／傳真：852-25789337 Email：hkcite@biznetvigator.com
馬新發行	城邦（馬新）出版集團Cite(M)Sdn Bhd (458372U) 41, Jalan Radin Anum, Bandar Baru Sri Petaling 57000 Kuala Lumpur, Malaysia. 電話：603-90563833／傳真：603-90576622 Email：services@cite.com.my
初版一刷	2014年7月31日 版權所有，翻印必究（Printed in Taiwan）
ISBN	978-986-235-376-9 定價260元 （本書如有缺頁、破損、倒裝，請寄回本社更換）

城邦讀書花園
www.cite.com.tw

國家圖書館出版品預行編目資料

地下室／史蒂芬・萊瑟（Stephen Leather）著；傅凱羚譯. -- 初版. -- 臺北市：臉譜出版：家庭傳媒城邦分公司發行, 2014.08
面；　公分. --（臉譜小說選；24）
譯自：The Basement
ISBN 978-986-235-376-9（平裝）

873.57　　103013325

紐約市總能引出我心中的連環殺手。這個城市最適合殺人，完美無瑕，一千五百萬居民把市裡擠得水洩不通，大多數人根本不甩彼此的死活。沒人想惹禍上身，沒人關心對方，多麼妙不可言。走在萬惡大蘋果的街上，唯一會和你目光相接的人，只有搔首弄姿、企圖攬客的妓女，不然就是伸手要錢的乞丐。

無論走的是不是合法途徑，要弄到槍都很容易。你可以光明正大將槍掛在手臂上，不然就纏在後方褲腰。這裡不像某些國家，若無可成立的理由，美國警察不能把你架到牆上搜身。這一切都要感謝美國憲法第四修正案，其內容大致如下：「人人具有保障人身、住所、文件及財物的安全，不受無理之搜索和拘捕的權利；此項權利，不得侵犯。[1]」唯一例外是警察提出所謂「可成立的理由」，換句話說，警察得有好理由。我愛美國。

1 譯註：本書關於美國憲法第四修正案內容之譯文，均來自美國在台協會官方網站所載之繁體中譯。

地下室

只要我不特立獨行，隨波逐流，我就可以整天把上膛的槍插在褲子後腰到處晃，假裝自己充滿了殺人慾望。當然實際上是沒有。

世界上還有哪一個城市能提供如此豐富的受害者？我不光指數量，種類也是：這裡有富人、窮人、名人、小卒、黑人、白人，各種色調的有色人種。紐約市什麼都有，這裡是連環殺手的自助屠宰場，成功的訣竅是別太貪心。如果你老是仿效「山姆之子」、轟掉青少年的腦袋，或是寫信給媒體或警察，跟他們說：「是我幹的，但你們永遠抓不到我」，很快就會有一個專案小組盯上你，把受害者的身分釘在布告欄，接著你坐牢就只是遲早的事了。不能那樣，成功的連環殺手都富有耐心、慎選受害者，而且盡可能保持低調。

換句話說，訣竅就是隨波逐流，讓數字自行擺平一切。數字？沒錯，就是數字。你不用把受害者埋起來，或者用強酸溶掉他們、把他們切成碎塊，用垃圾袋裝起來，扔到市區各個角落之類的，根本不需要這樣。你可以直接把他們藏在數字裡。紐約市有一千五百萬人不是嗎？差不多吧。所

以大致估計一下，就先假設人的平均壽命是八十歲好了。對，我知道，女人活比較久，男人比較早死，但人的平均壽命差不多是八十歲，就像我剛才說的，現在只是粗估。假設一千五百萬人平均活到八十歲，那就代表紐約市每年幾乎有二十萬人死亡。二十萬人，等於平均每週死四千人左右吧。請看，這四千人的死因，包括車禍及大量的自然死亡，但也有不少人死於謀殺與自殺。認真的連環殺手耐心等待，慎選下手的對象，接著就盡可能將罪行隱藏在每年龐大的一般死亡人口數字裡。首先，你必須瞭解一件事：死亡在都市生活中是很正常的一部分。每週死四千人，每天就死六百人。雖然一般美國人不喜歡思考這件事，他們寧願想像自己永遠不會死、只有少數人會真的離開人間，但實情是：每個人遲早都會死，誰都一樣。只要讓受害者看來像在淋浴間滑倒、失足跌落窗口，或是自己打定主意喝下漂白劑，你就有機會逃過法律制裁。你可以用這種方法將多數受害者處理掉，不過偶爾呢，真的忍不住時，你依舊可以將其中一個肢解，然後把屍塊裝進垃圾袋裡。

地下室

喂，不要誤會。這些都是我的想像好嗎？我不是殺手，我是作家，我永遠在構思情節。這麼做是為了寫作，我才不會真的變成殺人狂。嗯，應該不會吧。

總之，紐約市就是如此，到處都是陌生人，每天還有更多陌生人湧進來。我最愛的景點之一，就是中央車站對面。站在那裡，我可以看著陌生人抵達，看他們像螞蟻般爭先恐後地爬出蟻丘，四散去尋找食物。他們每個人都可能受害。就在我初次抵達這個城市時，我經常隨意找個女孩來跟蹤，目的是找樂子，也為了讓自己運動一下。我站在車站對面，舉目四顧，然後就隨機選一個女孩。我會暗暗決定要跟蹤第十個出現的女孩，或是第二十個、第三十個。接著，我就開始數來往女性，跟上中標的幸運兒，然後能跟蹤多久就跟多久。有時對方會坐上計程車，這樣就沒戲唱了。有時我也會在地鐵上跟丟對方。但是，偶爾我也可以一路跟蹤對方到家。天啊，站在這些住家外，知道她們就在裡面，這讓我覺得自己無比強大。你知道嗎？從沒有人發現過我在跟蹤她們，從來沒人轉頭來看，從來

沒人注意過我。有時我自覺像盯上斑馬群的獅子，斑馬愚蠢又溫馴，蠢得要命，在獅子的利爪撕裂牠們的喉嚨、讓牠們血如泉湧之前，斑馬根本不會注意到自己身處險境。我的感受並非仇恨，而是鄙夷。可是呢，這只是田野調查，懂吧？

一個穿著髒兮兮棕色雨衣的男人出現在我左邊，用鼻音哀聲問我有沒有零錢。他一定是四十歲上下，但臉龐像老舊的皮革一樣風化、帶裂紋，眼睛泛紅又含淚，好像之前哭得很嚴重。他用手背擦擦鼻子，發出豬在飼料槽會有的吸鼻子聲。他又問了一次。我湊向他。他的味道很臭，像腐爛的包心菜。我安心地微笑起來。我想說的是：「滾開，不然我就轟掉你的臉。」可是這傢伙有一種瘋狂的表情。你可能會覺得這是在挑戰智商吧。或者情緒上有所不同。隨便，任何一種侵犯的表現，可能都會導致兩人比賽怒吼，這是你企圖混進大眾時是最不需要發生的事。我伸手進褲袋，拿出一把鈔票，抽出一元美金給他。

「聖誕快樂，兄弟。」我說，他的眉毛一挑。他對那張鈔票咧嘴笑了一下，看起來好像要回應，但只喃喃說了一些聽不清楚的話，就拖著腳步離開了。走沒幾步，他又轉過頭來，喃喃說了其他話。我看看我的錶。十一點半。我得在中午抵達梅西百貨，因為她那時候會在那裡。

梅西百貨在百老匯大道和三十四街的交叉口，所以我快步走去，呼出的氣息在清爽的冬日空氣中如羽毛飄散。我最愛的紐約季節就是冬天。一切看上去都比較乾淨，而且整個地方沒那麼臭。人們也是。接近那家店的每一步都在我心裡累積著期盼，我幾乎感到暈眩。我無法相信我真的要去見她了。我終於要跟她近到可以說話了。

我到了店門口，這裡到處都是海報。照片裡的她穿一身白洋裝，剪裁比實用所需還低，她的雙肩裸露，但最動人的是那雙眼睛，你凝視的是那雙眼睛。它們是深深的棕色，近乎黑色。那雙眼睛似乎會隨我的腳步移動，就像她正在看著我。她有本事，沒錯。明星特質。如果你從沒見過她的音樂錄影帶，那也沒差，光看照片仍然會懂。她有一種氛圍，一種光輝，表達著「我不一樣，我很特別，跪在我面前，膜拜我。」我無法相信自己就要見到她了。期盼在我心裡形成一個死結。

商店人很多。不到擁擠的程度，不過人潮洶湧，大家肩並肩站著，拉長脖子想看清楚一點，想看她一眼。失望打擊了我，就像一拳重擊在心窩。我根本毫無機會進入她身邊一百碼的距離內。她太受歡迎了，每個人都想占有她，每個人都想要有與名人沾邊的機會。叫他們去死。全部去死。

＊＊＊

這些人睡著時，看來永遠脆弱無比。如此毫無防禦。你可以很輕易殺掉這些人，割開喉嚨，或把刀插進胸膛再轉動，而且這些人或許永遠都不會曉得。你有時會好奇這件事，你想知道睡著時死掉會怎麼樣。你會繼續作夢嗎？死亡的那一刻會延展去填補空隙，讓夢永遠持續下去嗎？還是逐漸消逝成一片黑暗？如果夢永遠持續下去，是快樂的夢，抑或夢魘，有不同嗎？一個是天堂，另一個是地獄？

地下室

她在床上挪動著身體，嘴巴張開，舌頭舔舔上唇，嘴唇濕潤且發亮起來。一縷金髮落在左邊臉頰，她抬起左臂要拂去，但鏈子阻止了她，限制了她的動作。她在睡夢中輕輕呻吟，緩緩搖頭。頭髮滑過她的臉龐，她再度舔舔嘴唇。床很大，雙人加大尺寸。你就希望是張大床，因為你計畫要跟她做那些事。你就是需要這麼大的空間。

她試著翻身側睡，但鏈子繫住她的雙腳腳踝，讓她被固定仰躺的姿勢。她先挪動左腿，然後又挪動右腿，鏈子隨之叮鈴作響。鏈子不粗，不需要是粗的鏈子。約束一個女人的行動不需多費力，你從經驗知道這一點。女性是弱者。

她的衣服看來昂貴。剪裁良好。或許是設計師品牌。她的穿衣風格是吸引你找上她的原因之一。此外還有頭髮。及肩的金髮悄悄訴說被輕柔撫觸的想望，說著想感覺你的手指溜過它們之間。你在床上坐下，伸手摸她的頭髮。絲滑。感覺柔軟而絲滑。她的皮膚摸起來也很柔軟。柔軟得像小女孩的皮膚。她幾歲？也許二十七吧。頂多二十八歲。絕對不會再多了。

她生過兩個小孩，都是女生，都有一樣的蜂蜜色金髮。是別的東西吸引她找上你。女兒們。

你撫摸她的左邊臉頰，手滑至她的下巴。她在睡夢中喃喃說了話，但你聽不懂她在說什麼。她的聲音很美麗，是想望總是會被滿足的聲音。堅定的聲音。堅定但柔軟。你坐在貨車上，在她家外面等候時，聽過她呼喚女兒們進屋。你聽到她的聲音時興奮起來，想著她若乞求跟懇求，聲音聽來不知如何。

你看看自己的錶。藥效應該再幾分鐘就會退了。你用過太多次這種藥，知道它多有效。你在自己身上用過一次，所以你知道那是什麼感覺，也知道就算在醒來後，至少還有十分鐘的時間，你會如何因迷失方向而無法移動。你將手溜至她穿的絲質白衫正面，食指一一碰觸每一顆堅硬的白色鈕釦。她的乳房隨著呼吸而波動，你將手滑進她的上衣。你摸得到她胸罩的蕾絲，還有它所裹的柔軟肉體。你移動手指，找到乳頭。你忽然升起一股慾望，你想捏它，你想扯掉她的乳頭，用你的嘴將她的夢窒息。但你抗拒衝動，移開了手。緩慢地。你必須緩慢地得到。

她穿藍色的亞麻套裝，同色的外套，長度剛好在膝上的裙子。她穿膝上襪還是褲襪，你認不出來。你知道你可以看，只要把裙襬往上推就行了，不過你不會這樣，因為你知道你有用不完的時間。更何況讓這些人自己脫衣服有趣多了。她被下藥後，要剝光她、讓她醒來時一絲不掛，那是全世界最簡單的事情了，可是你從經驗知道，這樣這些人只會感到恐慌，你得花好一段時間才能讓對方冷靜下來。方法在於堅定但禮貌地向這些人解釋他們必須聽命行事的原因。他們很快就會理解。

你已經脫掉她的鞋子了。那是黑色的細高跟鞋。你喜歡看女人穿高跟鞋，她們會拉長腿部後方的肌肉，繃緊背部，讓她們走起路來搖曳生姿。你把她鏈在床上時，就脫掉了她的鞋，因為鞋跟銳利到足以當作武器，而在對方完全瞭解自己的處境前，永遠都有攻擊的威脅性。鞋子在樓上，跟她的手提包在一起。

她咳嗽起來，想用右手背掩住嘴巴，但鏈子阻止她這樣做。她的眼皮

微顫，再度舔舔嘴唇。她醒來時會口渴。她們一直都會。你走到浴室，用紙杯裝了冷水。馬桶上沒有坐墊，牆上沒有鏡子，沒有浴簾或毛巾架，沒有可以用來當武器的東西。你是付出代價才學到這件事的。你以為把鏡子釘在牆上就夠了，可是其中一個人砸破鏡面玻璃，然後撲向你，手中拿著鋸齒狀的破片、鏡片匕首，一邊左右揮舞，血一邊從她手上滴落。那一個搞得一團亂，而你學到了教訓。現在房內沒有任何銳利的東西了。

你把紙杯放在瓷磚地板上，再度在床上坐下。床有金屬床架和黃銅床頭板，溫和的拱形裡是垂直的黃銅柵欄。你把床頭板和床架焊接在一起，這樣就沒法拆開了。鏈子將她的手臂鏈在床頭板，短到足以將她限制在床上，長到足以給她一些活動空間。她的手腕和腳踝有小扣鎖，另外還有同樣的扣鎖將鏈子固定在床上。鏈子像外科器械般閃亮，跟扣鎖一樣，它們是全新的。

她咳嗽，一絲唾液從嘴角流出來，細細淌至她的下巴。你從牛仔褲後面的口袋拿出手帕，用它輕輕按著那一灘泡泡。她將頭挪開，眼皮再度微微顫動。她很快就會醒來，你的心情因期盼而搖盪。首先你必須對她解釋規則。接著你就可以開始玩了。

***

我痛恨我住的公寓。我真的很痛恨。如果說實話，它比較算是套房而非公寓，床在一間凹室裡，房東叫它臥室，我叫它壁櫥。主要的房間呢，好吧，唯一的房間，是五步長乘以四步寬的空間，也就代表如果我一直靠著牆走，十八步就可以繞完一圈。如果每一步有一公尺寬，那每一圈就是十八公尺長。很簡單的算術，任何大學生都算得出來。中學畢業生可能就得用計算機了，但管他們去死，對吧？

總之，我正在走第一百一十五圈，這代表今晚到目前為止，我剛走超過兩公里。我走路時思考能力更好，而且紐約就是紐約，走路在室內比室外安全。公寓裡沒多少家具。我不怎麼需要家具。床尾有一個內嵌式的衣

櫥，我只需要這個儲存空間。有椅子一張，厚厚軟軟、鬆垮下陷的扶手椅，每次坐下去都會發出嘎吱聲。另外還有張木質咖啡桌，我在上面擺了打字機。就這樣。這就是我公寓的所有物品。床一張。椅子一張。桌子一張。打字機一台。我只需要這些。作家就是寫作，你不需要滿屋子義大利設計師品牌家具才寫得出來。這就是我的身分，作家。我寫作，所以我是作家。

打字機？當然。不是筆記型電腦。真正的作家不用電腦寫作。真正的作家需要為自己的藝術作品受罪，也就是說猛敲打字機，甚至手寫創作。我不用筆的唯一原因，是它太拖累我的速度了。而且片廠收到手寫的劇本，連看都不會看。所以我用打字機，八年的雷明頓（Remington）打字機。用打字機最差勁的部分就在於弄到色帶。這牌的色帶已經停產好幾年了。打字機可能會活得比我久，可是如果沒有色帶，它也沒用。我很幸運，我在格林威治村找到一個小老頭，他開的文具店要停止營業了，而店裡還庫存著一盒色帶。那天是我的幸運日。十二打色帶。夠寫一輩子的作品了。

我不跟別人說我是作家，再也不說了。我以前會說，我以前會跟任何人說，讓對方聽聽我是個作家，有一天我會又有錢又出名，但他們永遠就會問一樣的問題——我是否出過書，我是否寫過他們可能讀過的任何東西。所以接下來我就得解釋我是寫劇本，不是寫小說，我喜歡做電影勝過做出版。所以接下來對方就會問我寫過什麼電影，而我就開始解釋這個圈子有多麼難打進去，關係了合約、關係了讓自己的作品被對的人看到。接著對方的眼神就呆滯起來，我看得出來他們覺得我滿嘴屁話。所以我不跟別人說我是作家了，其實我根本不跟別人講我幹哪一行。關他們屁事，對吧？

踱步幫助我思考。踱步讓我的部分心思進入自動導航，創意的區塊也活動起來，開始發揮效能。這個劇本我已經完成一半，講的是一位女服務生愛上黑手黨職業殺手。我想好了第一幕，也就是建構背景的部分，不過進行到第二幕就出現困難了。我聽得見人物的聲音，能想像他們的樣子，

可是我不知道怎麼推動這個故事前進。這不是作家的瓶頸，我從來沒瓶頸，我只是需要靈光一現，而如果踱步踱得夠久，我就會得到那個靈光。

我也在寫一部叫《退房》的驚悚片，算是拉斯維加斯賭場版的《終極警探》。背景是世界上最大的飯店，擁有兩千個房間的中世紀主題怪物，在故事中，飯店此時正準備迎接一年最忙碌的一晚——新年前夕。經理接到殺手寄來的一封信，信以報紙頭條剪湊而成，對方已在往年的新年前夕襲擊過其他兩家飯店。殺手預警自己將再開殺戒，這一次的目標就是這間中世紀飯店。飯店的業主不確定該怎麼處理——關閉飯店和賭場就會損失上百萬美金，但警方又說他們無法擔保賓客的安全。

飯店的保全負責人沒來上工，所以經理找來外面的武裝保全。因為是新年前夕，大多數市裡的保全公司都業務繁忙——他們唯一能僱的是一群古怪越戰老兵經營的公司。經理別無選擇，只好雇用他們。他們的任務，就是從成千上萬狂歡者中找出連環殺手。十一點半時，飯店經理去接電話。打來的是連環殺手，對方跟他說某間套房有一具屍體，旁邊有留言。

經理和老兵們衝去那間房間，發現了保全負責人的屍體與一堆強力炸藥。另外還有留言，警告飯店內藏了一顆龐大的炸彈，除非從賭場內取一千萬美元到屋頂去，否則炸彈就會在午夜爆炸。沒有時間為整間飯店做疏散了。錢被帶到屋頂，直升機抵達……老兵能阻止殺手、拯救飯店嗎？還是老兵本身就在陰謀詐欺？我才剛開始構思，但我的預感是它會很棒。唯一的問題在於其中有太多英雄，片廠似乎希望電影只有一個英雄，外加一個大明星，比如麥特戴蒙或李奧納多狄卡皮歐。這是一個問題，但並非無法解決。

我寫過十八個劇本，不，沒有一個已經被拍成電影。不是因為這些劇本不夠好，原因純粹是它們沒被對的人讀到。我已經花了幾百美金在郵資上，但目前還沒穿過所有片廠的爛人，連絡上有權許可拍攝的人士。這只是時間問題。那些劇本全在編劇工會註冊了，這樣就沒人能剽竊它們的創意，我唯一需要就是繼續努力。

問題的癥結在於祕書們。所有郵件都由祕書過濾，一個月會收到成千

上萬的劇本，大部分的作者都是沒天分所以註定失敗的人。那些祕書不知道我的劇本不一樣，我有天分，我有寫作的能力，但祕書就只是祕書，所以會直接把我跟其他人的作品堆在同一疊。越疊越高，有些會被讀，但多數被扔了。這是祕書的錯。信封上寫誰的名字並無所謂，信就是得由祕書經手。

要跳過片廠祕書的方法只有一種，那就是去找個經紀人，因為經紀人可以對付片廠的執行長。如果一個經紀人寄劇本給一個片廠執行長，劇本就會被讀。這不代表一定會賣出去，但至少會被讀。對方可能只會瀏覽幾頁，因為這些人集中注意力的能力跟三歲小孩一樣，但至少你會跨越第一道障礙。

所以我有經紀人嗎？沒有，我沒有。我為什麼沒有經紀人？因為要讓一個經紀人讀你的作品，你得通過——祕書。我寫過信給幾十個經紀人，寄過無數作品給他們看，而根本沒人的禮貌程度高到寄來標準退稿信以外的東西。我不是怪那些經紀人。我覺得他們連信都沒看到，別說是劇本。

問題在於祕書，祕書在生活裡的主要功用，似乎就是阻礙任何表現出一丁點創意天分的人獲得成功。祕書似乎覺得對方有陰謀：沒才華的小人物反覆寄東西給有能力的人士，這是陰謀，有能力者下定決心要盡力壓制小人物。喔，他們沒法壓制我的。想都別想。他們做任何事都阻止不了我。什麼事都不行。

我招計程車去東八十九街。天氣夠讓人心情愉快了，但帶一點涼意，所以我穿厚重的毛線西裝、棕色的懶人鞋和深棕色的領帶。簡單樸素。沒有特徵。偽裝才能讓我靠得更近。穿西裝的人看起來沒威脅性。穿西裝看起來就是整潔、健全，中產階級模樣。如果在一棟建築物外面閒晃，看起來又像《計程車司機》裡的勞勃狄尼洛，那樣單純是在找麻煩而已，對吧？所以我穿上西裝，把劇本放在黑色皮革公事包裡，萬事俱全。這個喜劇的背景設在亞瑟王時代的英國。有穿著盔甲的騎士們，噴火龍和同性戀梅林。我把這個劇本寄過給六個片廠，但我突破不了祕書那道牆，所以我要直搗黃龍。我在《綜藝》（*Variety*）上讀到伍迪艾倫正在城裡，我知道

他在第五大道930號有一間公寓，所以我打算在外頭閒晃，直到逮住他回去或出門。

那是一間壯觀的建築物。好啦，我以前來過。我不站在門口正前方，是因為那樣就徹底洩露我此行的目的。我消耗時間慢慢來回走著。踱步。我不介意等待。大多數人以為花時間等待是浪費時間，但對作家而言，這可以是飛來鴻運。這麼做會給你最珍貴的資源——思考的時間。我在紐約住宅區外等待的時候，想出過一些我最出色的構想。

伍迪艾倫有這一行最棒的喜劇頭腦，我知道由他來導我的電影正是天造地設。這部片叫《鏈男》。裡面有個角色是為他量身訂做的。其實，這部片是我在心裡跟他一起寫的。我知道他讀了以後，一定會愛。而且有他的名字附在這劇本上，劇本就一定賣得出去。

門房出現在我面前，逼近我的感覺像快要爆發的暴風雨雲。「有事嗎？」他問，聲音像刺耳的金屬摩擦聲。

「沒事。」我說。「謝謝。」

地下室

「你在等人嗎？」他問。

「沒有。不行嗎？」

他冷笑，我瞥見那被尼古丁沾染的牙齒。「對，不行。你在我的房子外面走來走去。」

「你的房子？」

「對，我的房子。」

「你看起來不像有一百萬美金的房子。」

「嗯？」

「這是公共街道，我有權利在這裡走路。」

他大吼。「你不是在走路。你是在等人。」他看向公事包。「你是送東西來嗎？」

「什麼東西？午餐之類的？」

「法律文件之類的。」

我搖頭。「不是。我不是來送法律文件的。」

「那也許可以請你幫我們彼此一個忙，離開這裡。」

「我沒這打算。」

他沉默地盯著我，我看到他雙手緊握又放鬆，好像想朝我揮拳。他不會的，我知道，因為為他的工作不值得這樣做。一個門房在街上打架，對整棟房子的形象可不妙。不，他不會打我，但我看得出他生氣了。我微笑。天真爛漫的微笑，表示我是好人的微笑，表現我體內連一根壞骨頭都沒有。這樣做似乎更激怒他，這正是我的目的。

一輛聯邦快遞的貨車開過來，司機拿著一個包裹下車。門房的頭像滾輪一樣轉了過去。他別無選擇。他得離開去收那個包裹。

「你可以走了。」我對他說，我的微笑泛得更開。

「我會回來。」他說。

你忍不住為這句話笑了。他的本事就這樣？太陳腔濫調了，小人物的所有話都是從電影學來的。他們沒能力做原創的思考。所以他們是小人物，而我是作家。他大步走向送貨員，熟練地從對方手上奪走包裹。他一邊走進房子裡一邊回頭看我。我看得出來他會是麻煩，所以我決定晚點再試。

我穿過中央公園，陷入沉思。我正在寫的劇本之一，是部驚悚劇，我低頭走著，一邊在心裡瀏覽過一次，跟播放錄影一樣。我就是這樣寫作，我反覆播放影像，直到感覺對了，就把它們寫在紙上。這一部叫《1-900》。我才剛開始著手。開場的鏡頭在一間辦公室裡，觀眾聽見一個女人的聲音。這聲音低沉性感，她正用電話跟一個男人講著下流話。她跟他說自己想對他做什麼，同時鏡頭緩慢地向下搖到她的雙腿。她有非常美的腿，觀眾聽到這女人形容自己：金髮、巨乳、雙唇柔軟……等等，同時鏡頭一路上搖。接著觀眾看見她一點都不漂亮，比較像凱西貝茲（Kathy Bates）那一型的中年女人，微胖，深灰色頭髮，相貌普通。她名叫貝蒂，是一名電話性愛接線生，用電話講下流話給付費客戶聽。她性感的聲音，以及分辨男人想聽什麼話的能力，讓她成為紐約最成功的接線生之一。攝影機向後拉，我們看見辦公室裡滿是女人，有些年輕漂亮，有些又

老又普通，每一個都在對電話講著下流話。這是有效率、利潤豐厚的工作，而貝蒂是公司最會賺錢的人員之一。她有穩定的老客戶，另外還處理許多新的來電者。經營這間公司的女人知道來電者一旦聽到貝蒂的聲音，很容易就上鉤。來電者通常都想跟她見面，但貝蒂總是拒絕，知道自己的長相跟聲音不配。

一位自稱是法蘭克的新來電者，開始說出要傷害貝蒂的話，她配合他，知道有些男人就是這樣才會興奮。她並不擔心，她知道這只是幻想，但法蘭克說話的方式逐漸開始有精神異常的跡象，最後對她描述自己有多想虐待並殺死一個女人。她掛掉他的電話，被老闆斥責了一頓，老闆說她應該盡可能讓客戶留在線上：他們待得越久，付的費用就越高。幾天後，貝蒂在報上讀到一樁性愛謀殺案，感到相當恐懼，因為她發現這樁案子正跟法蘭克的描述一模一樣。那天稍晚，法蘭克打電話給她，說自己是為了她做這件事。貝蒂報警，對方拒絕相信她。法蘭克再度打電話給她，說他計畫殺另一個女孩。而他選擇的受害者，正跟貝蒂對自己的描述一樣：巨乳金髮的美女。

在第二樁謀殺案發生後，貝蒂跟一位年輕的謀殺案警探談話，對方正在偵查這些謀殺案。警探被她性感的聲音弄得神魂顛倒，安排和她在當晚見面。當然他認不得出現的那個邋遢女人，他以為她會是年輕性感的女子。你可以想像他走向一個他以為是貝蒂的漂亮女生，以及他真的見到她時，整個表情是怎樣垮下來。他縮短了見面的時間，要她若再接到法蘭克的電話就聯絡他。

法蘭克的確又打了電話給貝蒂，她跟他說：她希望他去自首。他生起氣來，說接下來就要殺她。為了讓他冷靜下來，她嘗試和他進行電話性愛，但她說完之後，他仍堅持想殺她。貝蒂聯絡警探，警探發現自己再次被她的聲音撩起慾火，雖然他已經知道她的外表。他在電話上和她調情。有兩個貝蒂：真實世界裡的貝蒂，以及電話裡幻想式的貝蒂。警探對自己的感覺感到很困惑，但貝蒂不會——她深深受他吸引。

法蘭克等在貝蒂工作的公司外面。一個在那裡工作的女孩，長相吻合

貝蒂對自己的描述，結果法蘭克跟蹤她回家，強暴並殺死了她。第二天他打電話跟別的女孩說話，卻發現貝蒂還活著。他威脅她，她聯絡警探。警探意識到她可能是未來的受害者，於是提議要保護她。他被她的聲音弄得更興奮了，但當夜稍晚再見到她時，他的熱情又冷卻下來。貝蒂明白她跟他不會有任何結果，直到她關上了燈，兩人共處在黑暗中，狀況才有所變化。他們聊天，他被她的聲音撩起性慾，最後上了床。這並不令人意外，她聲音相當美妙，性愛本身也非常棒。可是在早晨無情的光線中，警探徹底困惑了：他被她的聲音和個性挑起了慾望，但外表就不行。同時，殺手已經發現她住在哪裡，所以他必須保護她。

這裡是故事的精采之處，但我不確定要帶它往哪個方向去；讓殺手逮到貝蒂嗎？法蘭克其實是殺手嗎？誰活下來，或誰死掉？當一名作家，有點像是在當神。我想對人物做什麼都可以，我有絕對的權力控制他們。

我將目光從草地上抬起來，發現面前是達科塔大廈（Dakota building），西七十二街一號。約翰藍儂（John Lennon）以前住在這裡。

這裡幾乎是明星的天堂。莫瑞波維奇（Maury Povich）和宗毓華（Connie Chung）搬到紐澤西之前就住在這裡，魯道夫努瑞耶夫（Rudolph Nureyev）因愛滋病逝世前，在這裡有一間公寓，蘿貝塔弗萊克（Roberta Flak）就睡這裡，我甚至見到洛琳白考兒（Lauren Bacall）進去過一次。這是我決定住在紐約而非洛杉磯的原因之一，要接近這裡的人很容易。我是指演藝界的人。有權有勢的人。這些人在洛杉磯全躲在高聳的牆與警報系統後面，他們有武裝警衛隨時準備好撲向任何靠太近的陌生人。可是紐約太擠了，沒法有這種隱私。當然，他們在堡壘一樣的住宅區裡很安全，但他們得出門，而且永遠得越過人行道到自己的車上去，這時候你就可以靠近他們。看看藍儂發生了什麼事，對吧？一個站在達科塔大廈外的傢伙，口袋裡藏著槍，沒多久就跟他殺掉的人一樣紅。

紐約是吧？這裡論住是個爛地方，但論殺人卻是個好地方。這裡是終極的狩獵場。我是說，達科塔大廈旁邊就是中央公園西路一百四十五號，聖雷莫大廈（San Remo）。住在這裡的人沒有洛杉磯的武裝警衛，包括達

斯汀霍夫曼（Dustin Hoffman）、巴瑞曼尼洛（Barry Manilow）和瑪莉泰勒摩爾（Mary Tyler Moore）。全都住在一起。跟蹤者的天堂。你想在洛杉磯靠近史蒂芬史匹柏（Steven Spielberg）？放棄吧。可是他在大蘋果時，你只需要站在第五大道七百二十一號外面。他總會出門的。法蘭西斯福特柯波拉（Francis Ford Coppola）？往上走到七百八十一號就行了。勞勃阿特曼（Robert Altman）？公園大道五百零二號。伍迪艾倫在九百三十號。住在第五大道的電影導演多到溢出來。

我站在達科塔大廈外面，一如往常，我本能地尋找血跡。當然，那裡一點血跡都沒有。對於大廈的形象而言，人行道上有血比門房打架還糟，所以血跡甚至早在藍儂被宣佈死亡前就清乾淨了。這是這個城市少數的優點之一：這裡天殺地有效率。

＊＊＊

地下室

她名叫莎拉，莎拉霍爾。根據她皮包裡的駕照，她二十八歲，不過看起來比較年輕。她的皮膚光滑，毫無皺紋或瑕疵，頭髮柔軟絲滑。她的駕照在樓上的廚房桌上，旁邊還有她皮包裡的其他東西：一張VISA金卡，一張赫克特信用卡，一條淡粉紅的唇膏，一小包薄荷香的紙巾，一包口香糖和四十美金的紙鈔。也有一些零錢：三個二十五美分的硬幣，兩個十美分的硬幣和四個一分錢的硬幣。你覺得有口香糖很奇怪。她看起來像不會希望女兒嚼口香糖的那種女人，所以說不定她有口香糖是因為在戒菸。

你俯身向前，聞聞她的嘴巴。她的氣息既有薄荷的清新感又溫暖，沒有一絲菸草味。你撫過她的臂膀，手指安靜地劃過藍色的絲質布料。她左手腕戴了金色的手鐲，金屬摸起來是溫暖的。手腕上的手鐲旁是鋼鏈，鏈子將她的手綑在床架上，姆指底部是扣鎖，就像手鐲上的小墜飾。你檢視她優雅修長的手指，想找尼古丁造成的汙痕，但沒找到。說不定她戒菸已經有一段時間，但時不時還是有衝動，遙遠的渴求。你對渴求再熟悉不過

了。慾望也是。

她的指甲塗成光亮的深粉紅色，形狀完美。它們短到實用——她有兩個小孩要照顧——但長到足以抓傷人。你想像她用指甲抓著你的背，銳利到能讓你抽一口氣，增強你的愉悅感，直到抓得太用力而成為疼痛。你好奇她跟丈夫做愛時，是否會用指甲抓他，在自己柔軟的大腿間抓住他時，會不會用強健的牙齒咬他。約翰，這是她丈夫的名字。約翰霍爾。他在做房地產。將印有自家電話的名片遞給任何收下的人。他請大家打電話到家裡給他，隨時來串門子和談天說地，因為他如此渴望做成生意啊。畢竟他有老婆和兩個女兒要養。

她拉緊了限制行動的鏈子，鏈子撞擊黃銅床架發出刺耳的聲音。她悶哼，眼皮顫動。她睜開眼睛，但眼睛沒法對焦，眼皮再度闔上，她緩緩地左右搖頭，像做惡夢的孩子。她舔了舔嘴唇，嘴唇濕亮起來。隨著她張開嘴巴，雙唇間拉出了細細一絲口水。細絲越來越細、越來越細，然後沉默地斷掉，口水消失回她柔軟口腔的黑暗中。她喃喃說了話，可能是丈夫的名字。她皺眉，眼睛仍然閉著，你知道她可能在頭痛。她們永遠在抱怨頭痛，永遠會要水喝。一旦停止尖叫就會了。

她的右臂又動了，這次拉得更用力，然後她試著將越過頭部的雙臂都往下拉。她用力下拉，鏈子發出嘎嘎聲響並陷進手腕後，她完全睜開眼睛，看見了你。接著她尖叫出聲，不是話語，單純是驚嚇並恐懼地叫出來，好像她一轉過轉角，就看見你手上拿把槍站在那裡。她用力尖叫，你可以徑直看見她口腔內後方的粉紅色小肉塊緊縮著，好像在嘗試從你身邊逃開。她尖叫的時候看起來比較老，兩邊嘴角出現深深的紋路，眼角也有皺紋。她大大張著嘴，所以下巴的肉都擠在一塊，鼻子看起來也就變大了。她用聲音表示恐懼時，你無聲地坐在床邊，等著她叫完。她們尖叫從來不超過兩分鐘，通常只要六十秒左右就會安靜了。她們沒法同時尖叫和呼吸，而且不需要多久就能意識到自己沒陷在立即性的危險裡。你面帶笑容看著她，知道你們所在的房間完全隔音。牆壁、天花板和地板都覆有瓷磚，瓷磚底下是幾層玻璃纖維，纖維底下是雙層混凝土磚塊。你把這間地

下室做隔音後，迅速放了一百瓦的立體聲系統，用最大的音量放搖滾樂，同時你在屋外走動，仔細傾聽。沒有聲音，只有一些地方有麻雀啁啾聲，以及偶爾有大客機從高空飛過傳來的嗡嗡聲。音響現在放回樓上去了，你知道不管這個女人叫得多用力或叫多久，沒人會聽到她的聲音。除了你以外。

＊＊＊

我像被電流穿過般醒來，有幾分鐘仍躺著不動，盯著天花板，心思狂飆。我腦中有完整的情節了，我的潛意識一直在超時工作，我只要記得就好，把場景在腦海裡從頭到尾瀏覽過，這樣它們就能銘刻在我的潛意識中。這個情節很好，真的很好，我一下床就衝去打字機前，猛力敲出大綱。一寫完就繞著室內踱步，大聲把大綱唸出來。不只是好而已，這個大綱太棒了。

我甚至想到片名了。《暢銷作品》。我從頭再讀一次，血液急急奔流。就是這一部了。就是它會為我賺進上百萬美金和前往西岸的頭等艙機票。故事開頭，是一個灰心的作家報名大學的創意寫作課程，下定決心寫一本暢銷書，讓自己變得有錢又出名。這不是自傳式的故事，這個人物有精神病。不，比較算是反社會。這堂課的大多數人都想成為作家，沒什麼才能，但有很大的熱情，而他瞧不起那些人。這個作家被講師要求讀一段正在寫的作品。他的開場白是「我願意為寫出暢銷書而殺人……」故事很快就清晰起來，他的書是正在尋找受害者的殺手以第一人稱述說的故事。講師和學生恐懼地意識到他寫的就是他們。這個想殺人的傢伙，計畫將某人謀殺、分屍，然後將屍塊分開埋在不同地方。關於受害者的身分與埋藏屍塊的位置，這本書會提供線索。這會是終極尋寶活動，獎品是作家進毒氣室。或是電椅。隨便。

接下來幾週，作家跟蹤幾個同學回家，並寫下他們作為受害者的可能性。講師向警察要求協助，警察讀了他正在寫的作品，不過表示若非作家

犯罪，否則警察也愛莫能助。作家在課堂上朗讀下一段正在寫的作品，提到殺手慎重考慮加害講師的可能性。作家發現講師和班上一個年輕女生在談不倫戀，這件事也被寫進書中。作家越來越受孤立，班上其他人不是怕他、就是譏笑他。與講師談不倫戀的女生消失了，不過她的公寓卻遍布她的血跡。

警察質問作家，從頭到尾看了他的手稿，但沒法相信有人真的會在犯下謀殺罪之前，就把實際上等同詳細招供的內容寫下來。接著警察在犯罪現場發現他的指紋，於是逮捕了他。這個作家是心性歪曲的天才，警察沒法讓他招供。他對自己的指紋出現在犯罪現場有自己的解釋——他說他跟那個女生有染。警察不相信他，但最後還是不得不釋放他，他又回到了創意寫作班。他的書快要寫完了。

警察根據一個匿名的情報展開行動，發現那女生部分的屍塊就在那名講師的公寓中，旁邊還放有凶器。講師被逮捕、控告且定罪，不過女生其他的屍塊則從未尋獲。

作家完成了他的書，一下就暢銷起來。謠言充斥，有些說他逃過了謀殺罪，有些說那女生屍塊的下落，線索其實就藏在書中。銷售量暴衝。最後一景是他簽名在自己的小說上——書名就是《暢銷作品》——地點在一家書店中。一位想當作家的年輕人問他寫出暢銷作品的方法。「簡單。」那個作家說，「你只需要為它殺人就行了……」

故事很完美。我換好衣服，衝去三十八街的印刷店，影印了十二份，然後回到公寓，將它們裝進信封，信封上寫著洛杉磯各片廠執行長、經紀人和製作人。接著我靈機一動，這部片正適合布萊恩狄帕瑪（Brian De Palma），這就是他會拍的電影。我愛《替身》那部電影，那是我一直以來最愛的作品之一。我撕開其中一個信封，把大綱拿出來，然後匆忙用打字機寫一封私人信件——親愛的狄帕瑪先生，你不認識我，可是……然後用花體簽名。我先寄出往洛杉磯的信件，然後攔了輛計程車去第五大道，停在他住的公共住宅區外。他的公寓是二十五號，我以前送過東西到這裡來，有一次甚至接到本人回覆。他非常親切，解釋自己太忙了，沒法再接

別的計畫，給我幾個片廠的名字去試。我聽從他的建議，但當然又立刻撞上祕書之牆。這一次狀況會不同。他會喜歡《暢銷作品》，我知道他會。

我下了計程車以後，才意識到我沒真的打扮好要來拜訪第五大道的名人住處——我為那個故事太興奮了，結果只匆匆穿上我最快找到的衣服，褪色的藍色牛仔褲，舊運動衫和豌豆色外套，不但如此，之前也沒費事去刮鬍子或洗澡。門房看著我的眼神，好像當我是黏在他鞋底的一團口香糖。「想幹嘛？」他吼道。

我對他露出天真的笑容，舉起信封。「我來送這個給狄帕瑪先生。」我說。

「你看起來可不像他媽的郵差。」他說。

我點頭，笑容漾得更開。「是私人信件。」我說。

他伸出手。指甲被咬到貼肉處，汙垢深陷。他還沒能碰到信封，我就把信收了回來。他的眼裡有狡猾的神情，我不相信他。「如果對你來說沒差，我比較想自己把信放在他的信箱裡。」我說。

「不行。所有信都必須通過我這關。」他再度想奪走信，但動作太慢，太不靈活。

「我一定可以把信放進信箱吧？」

「不行。只有郵差有鑰匙。」

「拜託，你是說連你都不能開嗎？」

他雙手環抱胸前。他看起來像退役的拳擊手，鼻子被太多拳打到變粗，一開口寬大的下巴就往前凸。「不給我就免談。」他咆哮。

「好，那如果我直接拿給他呢？」我說，雖然他想必不會讓我進到他珍貴的大廳。

他搖頭。「不行。想都別想。」他一隻手伸來。

我不確定該怎麼做。我就是知道他不會把信交給狄帕瑪。只要他一消失在裡面，信就會直接被丟進垃圾桶。我完了。我心知肚明，他也一樣，但我別無選擇。我把信交給他。他用巨大的手掂掂分量，好像那封信是一塊餿掉的肉。「我會確定他收到信。」他說，同時露出殘酷的笑容。

是喔，你會喔，我想。但我笑著說謝謝。多謝了。

我一路走回自己的公寓。我不生氣。我很冷，跟冰一樣。我決定報復那個門房，但我會冷靜慎重地下手。君子報仇，十年不晚。這是一句老話，但千真萬確。

我回去後坐在打字機前面，寫了一封信給布萊恩狄帕瑪，跟他說發生了什麼事。我修飾了好幾次，確定信寫得恰到好處，然後把它放進信封，另外再塞了一分大綱。我下樓到郵局，以掛號郵件把它寄出去。

＊＊＊

問題來得又密集又快，但你一個問題也不回答。大家說得對：知識就是力量。讓她意識到自己以前有的力量全部被剝奪，這是很重要的事。她得做你說的每件事，不可以提問。順從，你需要的只有這個。她必須照吩咐動作。

「你是誰？」她尖叫，「你想幹嘛？」

你對她微笑，將一根手指按在你的唇上，要她安靜。她的音調變得更尖銳了，更有侵犯性，好像提高聲音就會讓你臣服於她的意願。她習慣用壞脾氣對付小孩，或是可以被壞脾氣或威脅不做愛而嚇住的老公。她還搞不清楚狀況，所以你微笑。你微笑，並且將手指按在你的唇上。「噓。」你說。她的額頭出現好幾滴汗，上衣正面濕了。你看得見她的乳房隨著她喘氣起伏，這個景象讓你雙腿間的慾望升起。這是一股渴望，這種需要你想當下就滿足，可是經驗讓你知道最好等待。越久越好。你對開頭那幾個都下手太快，任何實現願望的感覺也就迅速消失。慢慢來比較好。

「你不能把我關在這裡。」她大喊。「我得回家。」

喊叫的階段不會持續太久。喊叫讓肺部太費力，太多氧氣進入血液，開始換氣過度。這時這些人就會停止喊叫，開始講話。通常是由威脅你的話開始，接著是想收買你，最後開始懇求你。等進入第三階段後，這些人就準備好聽話了。

她尖叫很久都沒停下來。她有一段時間歇斯底里起來，大叫變成了嘶喊，她開始猛烈動作，將鏈子用力扯到床都移動了。你不希望她傷害自己，所以你從口袋拿出電擊棒，指在她面前。她沒有反應，所以你想她說不定不知道電擊棒是什麼，也不知道它可以造成什麼傷害。你可以向她解釋，你可以說六萬五千伏特的電力對身體的神經與肌肉系統造成什麼影響，但她顯然不會接納，所以你決定示範給她看。你舉起電擊棒左右搖晃，好得到她的注意。它看起來不怎樣，這是肯定的，沒有光澤的黑色棒身，大小幾乎沒比一包香菸大，上面帶一對鋼刺，就像某種掠食性甲蟲的觸角。你按下開關，鋼刺之間藍色的火花發出劈啪與滋滋聲，她開始叫得更大聲。以前也發生過這種事，但你知道你得繼續下去，你得讓她知道你是認真的，否則將來她不會相信你做的威脅。她得知道無論何時你說你要做某件事，你就是認真的，不會被說服罷手。她試圖滾開，但鏈子迅速拉住她，而你正走向前，像拿火炬一樣舉著電擊棒。有一部分的你希望真的傷害她，將劈啪作響的鋼刺陷進她乳房那柔軟的白色皮膚，聽她尖叫。她的乳房因汗水而濡濕，這對於電流傳導幾乎是完美狀況，你知道那股疼痛會劇烈難當，但你不想在她身上留下疤痕。你走到她右腿旁，用手抓住她的腳踝。她急急抽腿想掙脫你的掌握，但鏈子已經綳緊，她這麼做只是讓金屬鏈陷進皮肉。亮晶晶金屬帶血發亮，床單上有紅色的血跡。你對她微笑，將電擊棒的接觸點按在她的腿部後方，打開開關。她整個身體痙攣起來，嘴巴像處在高潮似地張開，背部弓起如剛才體驗了超越她一切所知的愉悅。你移開槍時，她噗通落在床上，沉重地呼吸，一邊嘴角流下幾滴口水。

你站在床邊，用手背撫摸她的臉頰。她好柔軟。柔軟極了。

＊＊＊

我在寫《退房》中的賭場一景，想營造出賭場老闆與英雄之間的張力，那個英雄是洛杉磯警察局的炸彈處理專家，轉行做了二十一點的莊家。這時門鈴響了。樓下沒有門房，這棟大樓太廉價了，用不上門房，不過是有保全系統，除非得到許可，否則訪客不應該進得來。我把門鏈掛上。「喂？哪位？」我大喊。

「警察。」一個聲音說。

「是嗎？我已經有了啊。」

「有了？」

「對啊。在警察局。還是謝謝你喔。」

我走回咖啡桌前坐下，繼續打字。門鈴又響了。然後再響了一次。我站起來，走回門邊。「哪位？」

「你是馬文華勒嗎？」

「你是誰？」

「NYPD。」

「NYPD？」我開始覺得好玩了。不管這個警察是誰，他顯然一點都不聰明。

「紐約警察局（New York Police Department）。你可以開門嗎？」

「我當然可以。」我說，然後坐回椅子上。這次，他改成敲門，用力地敲。「哪位？」我大喊。

「我開始對隔著門講話不耐煩了。」他說。

我再度起身。「那就走啊。」

「你剛才說你會開門，瓦勒先生。」

「沒有，我沒有那樣說。」

「有，你有。」

「喔，我才沒有，我沒有。好，這滿好玩的。我可以拖拖拉拉討論幾小時。」

「瓦勒先生，請問你可以開門嗎？」

「可以，我可以。」我雙手交叉胸前，靠著牆，自己微笑起來。我在想他要花多久才會說對文法。我聽到不同聲音。刻意壓低聲音的交談。

「瓦勒先生，開門好嗎？」

「沒問題——現在你就問得很恰當了。」我解開鎖，打開門。我很驚訝。這傢伙是黑人，聽起來不像。他身高遠遠超過六尺，肩膀寬闊，方臉。如果沒有是玳瑁眼鏡讓他看起來像學校老師，這張臉會顯得很嚴厲。他身後有一個女人，黑髮、皮膚蒼白，眼睛是我見過最藍的。我對他們露出天真的笑容。「怎麼啦？」我說。

那個傢伙上下打量我。他似乎有點輕蔑。「你是瓦勒先生？馬文瓦勒？」

「我是？」

「什麼？」

「你說『什麼』是什麼意思？」

他皺眉。他困惑了。那個女人走到旁邊來。她在微笑。她的眼睛真是藍得令人驚奇。「你到底是不是馬文瓦勒？」她說，聲音帶著一絲愛爾蘭口音。

「我是。」

「我們可以進去嗎？」

「要有搜索狀才可以，所以不行。」

那個傢伙打開皮夾，讓我看他的警徽。「我們是警探。」他說。

「我很佩服。」

「我是透納警佐。這是瑪辛柯警探。」

瑪辛柯？我想這就推翻她是愛爾蘭人一說了。「很高興認識你們，但我有工作要做。」我將門帶上，但那個傢伙把腳卡在空隙。

「我們想要一句話。」他說。

「非法入侵。」我說

「非法入侵？」

「對。這是一句話。代表進入你沒受邀請的地方。」

「我知道非法侵入的意思。」

「好，那臭氣沖天呢？」

「臭氣沖天？」他困惑地複述。

「對，你知道臭氣沖天的意思嗎？」

那傢伙看向那個女人，然後又回頭看我。「你在搞我嗎，瓦勒？」

「沒有，要有保險套才搞。現在可以請您把腳移開了嗎？」

那女人將一隻手放在透納的肩膀上，他站到一邊。那女人對我微笑，好像想帶我到床上，把我全身上下舔一遍。「瓦勒先生，如果你讓我們進去的話，你就真的是在幫我們一個大忙。」我敢賭那微笑可以讓壞蛋拜倒在她腳下。她真的很漂亮。不是超級大美女那一種，而是你會想帶她回家見媽媽的那種女孩。前提是你有媽媽的話。她的頭髮跟夜幕一樣漆黑，有光滑感的亮澤，好像她剛洗過頭髮。我敢打賭聞起來有蘋果味。

「我覺得不要比較好。」

「我們是警察。」透納說。「你有搜索狀嗎？」

「我們為什麼需要搜索狀？」他說。

我微笑告訴他：「人人具有保障人身、住所、文件及財物的安全，不受無理之搜索和拘捕的權利；此項權利，不得侵犯；除非有可成立的理由，加上宣誓或誓願保證，並具體指明必須搜索的地點，必須拘捕的人，或必須扣押的物品，否則一概不得頒發搜捕狀。」我對他狡黠一笑。「美國憲法第四修正案，一七八七年通過。你們需要有搜索狀。而且需要可成立的理由。」

「你是律師嗎？」他問。

「幹嘛問？是的話你就會改用別種方法威脅嗎？」

他忽略這個問題。「我們還是想進去。」他說。

「我不會同意你們進來。如果你繼續對我施壓，就是在冒險讓我不真心自發地同意，而且侵害我的憲法權益。就看你了，但換作是我，我會離開。除非你有可成立的理由。」我對那個女人微笑。「你有可成立的理由嗎？」我問。

「瓦勒先生，我們只是想耽擱你幾分鐘。」她說。

「馬文。」

「馬文？」

「對，叫我馬文。叫瓦勒先生老是讓我想到我爸。」

「好，馬文。我們可以進去嗎？」

「要說通關密語才行。」

「通關密語？」

「對。通關密語。」

她微笑。她懂了。「請。」她說。

「我真是受夠這些鳥話。」透納說。他開始用腳推門。我移開壓門的力道，讓門打開。他走進門來。

「你應該懂吧，透納警佐，從這一刻起，你看見或聽到的任何東西都被汙染了。床上就算躺著一具屍體，胸口插著我的刀，你也完全沒法做什麼。我的屋裡就算有一公斤古柯鹼，你也不能起訴我。」

「滾開。」他說，走向屋裡中央。他的目光投向放床的凹室，好像要安撫自己那裡沒真的有屍體。

那女人關上門。「瓦勒先生，你昨天有拜訪第五大道的住宅區嗎？」

「有。」

「你送了一封信給一個住戶？」

「我把信給了門房，對。」

「之後你又寫了信給那個住戶？」

「狄帕瑪先生，對。」

「在那封信裡，你對那個門房做了一些誹謗的評論？」

「我指出那傢伙是怎樣一個無能的小混蛋，對。」

她看著一本小筆記本。「上禮拜，星期三，你等在中央大道南兩百號外面。」

「是嗎？」

「把你攔下來的巡警是這樣說的，對。」

「如果我在等，他應該就不會得攔住我。等待就暗示我沒在動。所以他不會得攔住我，對吧？」

她忍耐地微笑，好像是媽媽在對待不聽話的小孩。「不過當時你是在那棟房子外面？」

「沒錯。」

「你介意告訴我們，當時你在那裡做什麼嗎？」

「我等著把一個劇本交給迪諾德羅倫提斯（Dino de Laurentis）。是我正在寫的恐怖片。」

「所以你是作家？」她問。

我點頭。

「有出版過任何作品嗎？」透納問。

「我是劇作家，不是小說家。」

「那有任何作品拍成過電影嗎？」他問。

我不理他，看向瑪辛柯。「那時我是在公共場所等。我沒犯罪。巡警跟我要身分證件，我給他看我的駕照。他問我在那裡的原因，我告訴他了。就這樣。說完了。」

「有報告說你等在市裡其他幾棟房子的外面。」

「所以咧？」

「所以我們希望你別再騷擾大家。」

「我是作家。我得把我的作品交到對的人手中。」

「這就是郵件的功能，瓦勒。」透納說。「這些人不想要你跟臭味一樣遊蕩在他們家外面。」

「有人跟你們投訴嗎？」

「有。」他說。「有幾個門房投訴。」

「房子又不是門房的。我沒犯任何罪。」

「聽著，馬文，這個城市有名人遭跟蹤的問題，你也很清楚。娛樂產業的人越來越緊張，他們不想要陌生人站在他們住家外面。就算你本意善良，也不重要。你就是陌生人。你讓他們緊張。我們要求你考慮他們的感受，就這樣。」

我毫不在意似地聳聳肩。我沒違反任何法律。他們才是非法進入我家。我沒事。「我等過的人有投訴的意思嗎？還是我們在講的只是幾個激

進主義的門房或祕書？」

瑪辛柯看著透納。他們之間做了某種溝通。像心電感應一樣。

「怎樣？」我問。我討厭別人耍我，好像以為自己比我聰明什麼的。回答的人是瑪辛柯。「你知道這個城市是什麼樣，馬文。有陌生人在附近，大家就變得不自在。如果以後你把劇本用寄的，我們會比較開心。」她停頓了一下。然後微笑。「好嗎？」

我沉默片刻。我微笑了。「好。」

我把他們送到門口，他們沒再說任何話就走了。我很確定這不會是我最後一次見到他們。

＊＊＊

她失去意識後，你用手帕把她沾了唾液的下巴擦乾，然後又把手帕放回你的外套口袋。她的呼吸變得比鼾聲微弱，眼皮開始緩緩眨動。你耐心地等她醒來。不急。你的時間要多少有多少。

她的眼睛沒法聚焦，顯然一開始以為自己在做夢，然後她試著移動手臂，感覺到鏈子陷進皮肉，一切又湧回來了。你伸出電擊棒，看得見她眼裡有恐懼。她搖搖頭，但她還沒能說話，你就告訴她：只有她反抗，你才會用電擊棒。順從，你告訴她，你要求的只有這個。而你第一個命令，是她不許講話，只能聽。你問她是否明白了，她一開始說明白，但你一舉起電擊棒，她就改成點頭了。很好，你告訴她，這樣很好。她像不安的小孩似地微笑，你將電擊棒放回自己的口袋裡。看不見不代表沒有威脅性。

你靜靜地說，幾乎是在耳語，讓她得努力才能聽到每一個字。你跟她說囚禁她的這間房間是在地下室，完全隔音，而且她不可能逃出去。

你解釋了門的構造，它是怎麼用鋼製成，由一組數字操控，得在一塊小金屬板上鍵入數字才能開啟。你給她看那塊板子，跟她說如果有任何強迫開門的嘗試，門就會鎖死。你解釋門沒有鑰匙，而數字的組合有成千上萬種。試錯了三次，門也會鎖死。

你走向她，直直盯著她的眼睛。她美麗的藍眼睛。你對她說清楚了。如果她設法癱瘓你，她絕無方法逃離這間房間。如果她希望離開，也只有你允許下才行。而如果她完全、徹底地順從你，你才會允許這件事。你當然在撒謊，但你知道她們會抓住你給出的任何無價值之物，來努力持續活下去。她溫順地點頭，但你沒上當。轉變不會這麼安靜地發生，不管電擊棒讓人有多痛。美麗的小莎拉可能會微笑、點頭、濕潤雙唇，給出所有信號，表示她是你的，你想做什麼都行，但你太擅長辨別人性，不會被她矇騙。她以為自己比你聰明，可以把你哄進虛假的安全感裡，然後在你不知覺的狀況下逮住你。她不是第一個這樣做的人，而且也不會是最後一個。

你問她想不想喝水，她點頭。你從瓷磚地板上拿起紙杯，遞向她的唇邊，維持這個姿勢讓她喝水。她喝完後，你把紙杯拿開。她舔舔嘴唇，向你道謝。你甩她巴掌，下手很重，跟她說她不能講話。她藍色的大眼睛湧出淚水。

紅暈在她左臉頰泛開時，你安慰地微笑了。你可以清楚看到自己手指留下的痕跡，紅色的條痕橫在她柔軟的白色皮膚上。你伸手摸摸她的臉頰，她像被鞭打的狗一樣退縮。你安慰地微笑，將她的頭髮撥到耳後。「請不要傷害我。」她說，聲音在顫抖。這樣衷心的懇求，讓你體內深處一陣震顫。你跟她說：只要她聽話行事，一切都會沒事的。這是謊言，她熱切點頭的方式，就像要淹死的人尋找救生圈，她抓緊了話裡的每一個字。你興奮得難以言喻。訓練已經開始了。

* * *

我重讀《鏈男》這部喜劇，一邊在室內踱步一邊大笑。它很棒，即使這樣說的人是我本人。我決定再試著把它拿給伍迪艾倫一次。今天很冷，但我還是決定走路。往第五大道的路上，我有了一個構想。一個好笑的故事，一個黑色喜劇。我會把它取名叫《霉運》之類的名字。這故事在講一個傢伙，一個名叫雷夫德萊尼的平凡傢伙。雷夫得了霉運——無論他在哪

裡、無論他在做什麼，壞事都會發生在大家身上。他中學運動會那天，一個撐竿跳選手被刺穿在他的竿子上，另外還有一個游泳選手溺死。大學時，一個教授在示範一個科學實驗時遭電死；公車在雷夫下車後撞毀；他一離開某幾棟建築物，它們就失火燒毀。

雷夫毫不知道是自己無心導致這些災難，但他自己的確永遠是毫髮無傷。他獲得一台攝影機作為畢業禮物，他去哪都帶著它。過沒多久，他就捕捉到最驚人的救援與災難畫面，將它們賣給電視實境秀和新聞節目。他很快就得到在一家本地電視台任職當攝影師的工作，他的職業生涯蒸蒸日上——無論他被派去做什麼工作，總是會有古怪的事發生，而他就用攝影機當場記錄。他的霉運代表他永遠不會錯過重要事件，而且他快要獲得一分電視網的工作了。接著他遇上了一個女孩，墜入愛河。霉運消失了，他的事業停滯。可是等他失去那個女孩後，霉運又回來了。雷夫意識到自己一定得在愛情和事業中二選一。這是很棒的第一幕，只差剩下的故事了。

我走路時沒法停止微笑，有幾個路人懷疑地看著我。紐約不是人們會

地下室

在街頭微笑的地方，除非他們嗑藥過量。我把上次發生的事放在心上，等在離大門口有一段距離的地方。過了一陣子後，我開始來回踱步，試著想出《霉運》的第二幕。我太專心埋首在情節中，沒注意到身後出現了兩個人，直到其中一個開口講話。

「瓦勒先生？」

一開始我沒把這個聲音聽進去，繼續低頭走路。「瓦勒先生？」

我轉過身來。是瑪辛柯跟透納。透納瞪著我，但瑪辛柯裝出一臉天真的笑容。「我說過了，瓦勒先生是我爸。」

「你在這裡做什麼，馬文？」

透納走到我身後站住，好像覺得我會逃跑。「只是在等人。」我說。

「等誰？」

「我犯罪了嗎？」

「我單純提出一個問題而已，馬文。」

「去死吧，我們直接把他帶回警察局。」透納說。我甚至懶得看他，

我只繼續對瑪辛柯警官天使般的臉微笑。她的嘴很美。

「我要趕火車嗎？[2]」我問

「真幽默的傢伙，」透納說。「幽默，幽默得不得了。」

「那是什麼？」瑪辛柯朝信點點頭，問道。

「一封信。」

「介意我看看嗎？」

「介意。我的確介意。」

透納伸出一隻手，用力緊抓我的肩膀。「我們想看那封信。」

我還是不看他。「我還是不同意。除非你們有合理可表明的懷疑理由，覺得我犯了罪，不然你們不能依法攔住搜索我。這樣我們之間夠清楚了吧？」

「我們接到其中一個屋主的投訴。」瑪辛柯說。

2 警察局和火車站的英文略稱均可作「station」，馬文以此開透納一個玩笑。

「這理由不夠好。」我說。「要進行泰瑞拘禁[3]，你需要別的理由。」

「你很瞭解泰瑞拘禁嘛？」透納生氣地說。「我們倆真像小律師啊？」

「你絕對不是，透納警佐，不然你就不會在市裡的人行道走到鞋底磨平。而且手腕上也不會有這種廉價錶喔。」

泰瑞拘禁是指一樁最高法院的案例，這案例制定警察提出所謂合理並可表明的懷疑後，就可以審問嫌疑犯。光懷疑有事情不對勁是不行的，警察必須能解釋讓他們認為發生不法活動的原因是什麼。即使這樣，警察也只有權搜查對方身上有無武器，不能搜查口袋或進行脫衣檢查。要那樣做，警察需要有搜索狀，或者是逮捕對方；而這兩者都必須有可成立的理由才有機會進行。帶著信封站在街角不是可成立的理由。絕對不是。我很清楚，他們也很清楚，所以我就站在那裡笑，跟他們說不行，他們不能看信。只要我不試圖逃跑或做出任何有威脅性的動作，他們就不能拿我怎樣。

「你在等誰？」瑪辛柯問。

「瑪辛柯警官，你知道我是做哪一行的，我就解釋過我在等人了，除非你覺得你有可成立的理由逮捕我，不然我希望你們走開。」

透納把我的肩膀抓得更緊。

「還有我把這個動作視為違反我意願的身體拘禁，以及侵害我在第四修正案中的權利。」

「去你的。」透納說，不過他移開了手。瑪辛柯對他皺眉，然後對我微笑。她好容易看穿，這個人。她好習慣靠外表得償所願。

「馬文。請讓我看那封信。」

通關密語。她說了通關密語。為了這一點，她就值得被獎勵。我把信給她。她看了收件人和地址，然後交還給我。

「我們有請你不要在房屋外面遊蕩，馬文。你為什麼不用寄的？」

3 泰瑞拘禁（Terry stop），指警察在沒有可成立的理由能逮捕某人的狀況下，因合理懷疑對方涉及犯罪活動，而將此人短暫拘禁。

「我不信任門房。」

「門房不能攔信。」

「你以為他不能？」

「艾倫先生不是這個住宅區唯一的住戶，馬文。這裡還有很多單身女子。」

「你以為我是跟蹤狂嗎？」

「或者更糟。」透納咆哮。「你為什麼不滾到洛杉磯去，瓦勒。啦啦樂園[4]有一堆導演和製片。你可以在那裡好好討人厭一下。」

「你想把我趕出這裡是嗎，警官大人？」

「沒人想把你趕出這裡，馬文。」瑪辛柯說。

「但你在那裡會快樂得多，那是肯定的。」透納說。「陽光、沙灘、剛出道的女演員。你為什麼不幫自己買張單程票？」

「對，那樣你可就有貢獻了是吧，透納警佐？會反映在警察的薪水上嗎？我可不這麼覺得。」他眼裡閃過怒氣。我惹到他了。我微笑。

「你知道過去幾個月市裡有幾個年輕婦女被謀殺嗎？」瑪辛柯問。

「我有看電視。」

「所以你的確知道有個連環殺手逍遙法外？」

「逍遙法外？你講得好像一條瘋狗。」

「他就是瘋狗，馬文。一條瘋狗。我們得逮到他。所以我想你可以瞭解我們不希望陌生人站在別人住家外面的原因。對嗎？」

我甜甜地對她笑。「瑪辛柯警官，如果我是連環殺手，我絕不可能在光天化日之下站在這裡，對吧？」

「你怎麼知道連環殺手會有什麼行為，瓦勒？」透納問，聲音充滿輕蔑感。

「我是作家。」我說。

「對，一個劇本都還沒賣出的作家。想當作家的傢伙而已嘛。」

4 啦啦樂園（La-La Land），指虛幻不實的樂土，洛杉磯的別稱。

我首次轉過身來看著他。我什麼話都沒說，只是看著他。看進他的靈魂。「現在我想走了，謝謝。」我說。他們站到兩旁去，我離開。

* * *

你在鍵盤上輸入數字密碼，透過偷窺孔確認她仍在床上，你才開門。她絕對不可能有辦法掙脫上扣鎖的鏈子，但安全永遠都比遺憾好。她轉頭朝向你，眼睛因哭泣而濕潤。你關上身後的門，門鏗鏘關上，鈍重、堅實的響聲在室內迴響。

你問她好不好，她說她想回家。你拿出電擊棒，對她說：你永遠不想再聽到她要求被釋放。你按下開關，電擊棒冒著火花，發出爆裂聲，她迅速點頭說她明白了，她很抱歉。你微笑，把電擊棒放到一旁。「很好，」你告訴她。「這樣很好。」你走到床邊坐下。她緊張地嚥著口水。「你好嗎，莎拉？」你聲音輕柔地問。

「我很好。」她緊張地說，快速露了一下完美的白牙齒。

「很好，這樣很好。」你說。「想要我解開你的鏈子嗎？」

她期待的表情是那麼容易被看穿，讓你忍不住微笑起來。她以為自己身上的鏈子一旦被解開，她離自由就只有一步之遙。你幾乎是悲傷地搖搖頭。你解釋這件事進行的方式：你會解開她手腕和腳踝的鏈子，用另外一條繫著她腰部的鏈子取代，而這條新鏈子另一端會固定在牆壁上。這條鏈子可以讓她睡在床上、去廁所，但她沒法到門口。她點頭，仍然以為一旦鏈子解開後，要逃脫會比較容易。你再度撫摸她的臉頰，她微笑。你看得出那不是真心的笑，她想要你，但沒關係。這是一個開始。

「我會乖乖的。」她說，但你知道她不是認真的。

「我知道你會的。」你說。「但我還沒解釋完我要什麼東西。在我說完前保持安靜。」她點頭，熱切想討好你。「你必須記得的第一件事，是只有我問你話時，你才能開口。明白嗎？」

「好。」她躊躇地回答，好像這是個陷阱，你會因為她回答而懲罰她。

「很好，」你說。「真的很好。來，我今天要解開這些鏈子，讓你可以去廁所和盥洗。明天我進來的時候，你從床上下來，停下你在做的任何事情，站在我面前，低著頭，眼睛看著地板。我希望你完全順從，少一點都不行。不管我要你做什麼事情，你要照做，不可提問。」她意識到你說的內容會衍生出什麼事情時，睜大了眼睛，你將一根手指按在她唇上，要她別開口，因為如果她說話了，你又得懲罰她。「我會要你脫掉衣服，你會照做，對嗎？」

她嚇壞了，你從她眼中看得出來。她不知道該說什麼。你伸手到身後，拿出刀子給她看。這是有分量的刀，沉重且銳利，可以用來切生肉的那種，在上方的燈光下閃閃發光。「如果你不主動脫，我現在就可以用它來解決。而如果你讓我來的話，結果也會糟多了。如果你自己來會比較好。明白了嗎？」

她點頭，但眼裡明顯有不情願的感覺。你拿刀，用刀尖劃過她的絲質上衣。「如果你想的話，我可以現在就割掉衣服。」她猛烈搖頭，你知道

你贏了。你微笑俯身向前，在她額頭上輕輕一吻。你仍然可以在她的呼吸中聞到綠薄荷的味道。

＊＊＊

我去電影院看下午的節目，見到一個女演員正是《退房》女主角的完美人選。我回家後在室內踱步了一陣子，心想不知是否該寄一分大綱給她，看她有沒有興趣。我猶豫的原因，在於寫信給明星這方面，我有過一些不好的經驗。事實上，我寫信給明星時，不再附上我的名字或地址了，除非我用郵政信箱。不是因為那些明星自己不珍惜寫信給他們的粉絲，而是出於某些理由，他們傾向讓自己被一些過度保護人的白痴包圍。

我不知道他們是不是原本就打算要雇不合適的人，其實我確定他們不是，但我猜他們雇的人過一陣子就開始對雇主感到惱怒，然後停止依雇主的最佳利益而行動。這一點我可以瞭解，我真的可以。我是說：一個普通人在明星的陰影下工作一定很困難，比如說雪兒或瑪丹娜、茱莉亞羅勃茲這些明星。手下人一定知道，不管自己工作得有多努力，永遠不能期待自己達到雇主百分之零點五的成功。這種事可以讓任何人變得乖戾，應該說是任何心智不穩定的人都會，

無論如何，那樣的人過一陣子後，就變得過度保護人，盡全力隔絕明星和粉絲。他們形成一種防禦牆，我猜是因為這麼做可以讓他們感覺到自己的重要性增加。

幾年前我寫過信給一個相當可愛的金髮女演員，她在白天播出的一部肥皂劇演出。她很美，相當性感，演那部肥皂劇完全是浪費了。我寫信跟她說，還說她來演我寫的某部電影女主角是渾然天成，我很樂意跟她聊聊這部電影。幾個月過去，她還是沒回信，所以我又寫信給她，寄給她第一封信的影印本，但寄出去的幾天後，我收到她的信，附了一張簽名照。嗯，那其實不算一封信，尤其是對我來說，那是一封標準回函：感謝我的支持，很高興我喜歡那個節目，諸如此類的話。沒提到我的劇本。所以我

又寫信，她一定是誤會了。可是，但過幾天後，我收到另一張照片，同樣一張，不管你相不相信，那又是一封標準回函，措辭完全相同。於是我就生氣了，寫了一封信說：我只能假設我那些信沒到達她手上，一定是她的某個工作人員攔截了信。可能是祕書。老祕書牆再度出擊。總之，我用聯邦快遞直接把這封信寄到他們拍攝那個節目的片廠，可是我一直沒收到回音。

我意識到唯一能聯絡上她的方法，就是親自拜訪，所以我花了一百美金，買了超大束的花，帶它去那間片廠。我跟安全警衛說我是送貨員，這束花得送去給導演。我走到她身邊不到十尺的距離——對，她在現實生活中的模樣甚至更性感——可是一個皮膚很差、頭髮油膩的肥婆走向我，問我是誰，我想要幹嘛。我跟她說送貨的事情，但她叫來安全警衛，要他們把我趕出拍攝場地。我很確定就是她一直在攔截我的信。

安全警衛是另一種人生成績不理想的人：他給我警告，然後把我攆出片廠。我寫了另一封信給那個女演員，解釋發生了什麼事，因為我覺得她當時一定沒看到我，我很肯定她不知道他們對待我的方式有多糟糕。我問她能否見面，也許甚至我就帶她共進午餐。

一個星期左右後，我有了訪客。早上兩點鐘。門鈴響起，我應門時還半夢半醒。我身上只穿了浴袍而已，眼皮因睡意而沉重，我猜那個傢伙就是想這樣措手不及擺平我。他問我是不是馬文瓦勒，我說我是，然後他揍了我的肚子，很用力。他把我推進屋子裡，把門踢上，然後把我壓坐在咖啡桌上。他是義大利人，看起來好像有幾天沒刮鬍子了。他的西裝是某種昂貴閃亮的布料做的，還穿著鞋套。對，我記得鞋套，因為起初的一、兩分鐘，我是低著頭在按摩肚子，把呼吸調順。那是黑色的鞋子，一塵不染的白色鞋套。

我無法停止想鞋套的事。我是指：現在有誰還會穿鞋套啊？

他抓住我的頭髮，強迫我抬頭起來，然後把幾封信丟到我身上。我寫給那個女演員的信。我看著那些信，再抬頭起來時，他手裡已經拿了一把槍。一把大槍。自動式的。他拿槍推著我鼻子下方，說我永遠不准再寫信

給她，不能靠近她身旁五哩內，還有片廠或她家也一樣。如果我做了，他會再來見我，而下次就不會那麼溫柔了。他問我懂不懂，好像我是某種智障。我跟他說我懂。他問我同不同意不要靠近她，我說同意。我並不害怕，我真的不怕，因為我看得到槍的保險栓還在打開的狀態。他沒嚇到我，我只是對他說他想聽的話，這樣他就會滾出我的公寓。他離開了，帶著他發亮的西裝、明晃晃的鞋套和黑手黨的腔調。我再也沒寫信給那個女演員，我看不出那樣做會有什麼意義，不過，那是最後一次寫信給明星時附上地址了。

回憶讓我的雙手顫抖起來，我繞著室內走，走得越來越快。我決定不要寄大綱給我在電影院看到的那個女演員比較好。特別是我現在被瑪辛柯和透納盯上了。我可以失去的東西太多了。

門鈴響起，就算還沒開門，我也知道是他們來了。

「馬文，我們可以進去嗎？」瑪辛柯問。我看著她微笑。「請。」她補充。我解開門鏈，為她開門。我聞到一股甜香，就像新鮮草地的氣息。透納跟著她進房，帶來流汗與汙濁菸味混合的味道。

「又怎麼了？」我說，直接朝瑪辛柯提問，因為我比較喜歡跟她打交道。透納給人印象很差，好像他想把我用力扔到牆上，用膝蓋撞我的鼠蹊。我不喜歡透納，而他顯然也不覺得我是本月主打星。

「馬文，我們想要你跟我們一起下樓去警局。」

「為什麼？你不敢自己出門嗎？」

她笑到不能自己，伸手掩住嘴巴。她的牙齒驚人地潔白，驚人是因為警察很容易喝大量咖啡，抽太多菸。黃色的牙齒是這分工作的附加物，但瑪辛柯的牙齒是牙齒廣告的水準。我好奇她會想親吻什麼對象。「不是，馬文，我不怕自己出門。但我們希望問你幾個問題。」

「不能在這裡問嗎？」

「幹嘛，你不敢出門嗎？」透納問。他盯著床。

「可成立的理由呢？」我說。

瑪辛柯搖頭。「我們只是想跟你談談。」

「談門房嗎？」

「不是。跟門房沒關係。」

「那是要談什麼？」

「放棄這套鳥話吧。」透納對瑪辛柯說。「我們直接把他帶去。」

「除非你們逮捕我，我才會跟你們走，但你們沒有可成立的理由進行逮捕。如果你們非法逮捕我，那給我米蘭達警告[5]或讓我叫律師都沒差，你們最後開的任何案子都會敗訴。這是毒樹果實理論[6]。」

「我會給你毒樹果實。」他咆哮，將臉湊近我的臉，我呼氣，他的眼鏡立刻起了霧。他向後退開，用一條亮紅色手帕擦眼鏡，我得咬緊牙關才能阻止自己笑出來。

---

5 米蘭達警告（Miranda warning），指美國警方審問刑案嫌犯前，必須清楚告知嫌犯有權援引憲法第五修正案：不自證己罪，可行使沉默權且要求律師協助。

6 毒樹果實理論（Fruit of the poisoned tree）：指若證據為非法取得，其在訴訟中亦不能成立，如毒樹所結之果，不可食用。

「對你而言真不幸，透納警佐，我知道我的權利。」

「我們知道你清楚自己的權利，馬文。」瑪辛柯說。「你是非常聰明的人。」

我看著瑪辛柯警官湛藍的眼睛。她用深藍色的睫毛膏來襯托顏色。她有最讓人驚奇的眼睛。「別費心奉承我。」我說。

她睜大眼睛，好像那是她心裡最不可能出現的想法。「我只是覺得我們去警察局會比較舒服。畢竟，你好像沒有多少椅子啊。」

她說得對，當然啦，這裡只有一張椅子嘛。我想要她跟我去坐床上，但決定還是別講。「那就表示是要聊一陣子了。」我說。

她聳肩。「我們是有一些問題要問。」

「你在這裡不能問？」

「我們比較希望在市區問。」

「在你的地盤上嗎？」

「算是吧。行嗎？」她微笑，露出完美的牙齒。「請。」

她絕對很習慣得償所願。而且她很明白地叫透納坐後座，這樣她就可以對我施展她的魔法。「跟你打個商量？」我說。

她似乎被逗樂了。「商量？」

「對。讓我看證件和警徽。」

「就這樣？」

我伸出手。「當然。」

她拿出一個黑色皮夾，翻開。我從她手上接過，將另一隻手伸向透納。他看向她，她點頭。他把他的皮夾給我，但心不甘情不願。我坐下來，在一張紙上抄下細節。

「你在幹嘛？」透納皺眉問。

「做我的記錄。」我說。

「你的記錄？什麼天殺的記錄？」

我親切地笑笑。「你不用拿你俊俏的小腦袋擔心這件事，透納警佐。」

我把他的皮夾還給他，另一個拋給瑪辛柯。她單手接住。「好。」我說。

地下室

「走吧。」

外面停著一台髒兮兮的棕色轎車，我得到後座的位置。我不需要跟他們走，但我跟瑪辛柯相處得很開心。對於一名警察而言，她很可愛。根據證件，她名叫莉莎。我們開車到警察局的停車場，他們帶我通過後門，沿著漆成綠色的走廊，進入會面室。透納揮手叫我坐到椅子上。「我可以打通電話嗎？」我問。

「打電話？你想打給誰？」

「這是我的權利不是嗎？」

他用手背搓搓鼻子。手上有個年級紀念戒指，藍底上有著少許黃色。

「我們只是要在這裡談談而已，瓦勒。」

瑪辛柯關上門，靠著門站著，雙手環胸。

「當然，不過我想打通電話。」我說。「我被捕了嗎？」

「你知道你沒有被捕，馬文。」瑪辛柯說。「如果你被捕了，我們會宣讀你的權利。」

「他知道。」透納說。「關於他的權利，他什麼都知道。」

「所以我想打通電話，行吧。」

「你是要聯絡律師嗎，馬文？」瑪辛柯問。

「幹嘛聯絡？我需要找律師嗎？」

「這要問你自己囉。」她說。她放開手臂，從門前移開。「但如果你真的聯絡律師，我們會覺得你有事要隱瞞。」

我們站著看著彼此幾秒鐘。我有幾乎不能克制的衝動想吻她的嘴唇。我微笑，想著她會怎麼反應，是會掏出槍來，還是回應我的吻。「我只需要幾分鐘就好。」我說。我輕拍自己身上的幾個口袋。「我想你們應該沒有二十五分的硬幣吧？我把手機留在家裡了。你們不會想借我手機吧？」

「天啊。」透納在我身後嘟囔，但瑪辛柯拿出一個小皮包，給我一個二十五分的硬幣，像是媽媽遞零用錢給小孩。她給我硬幣時，我們的手指相觸，有個火花出現，像靜電一樣。

「你有感覺到嗎？」我問。

她微笑，為我開門。「去打你的電話吧，馬文。」

五分鐘後，我回到房間裡來。透納站在角落，就像香菸店的印地安人木雕，面無表情，而瑪辛柯坐在桌上。「坐下，馬文。」她說。很好。接下來會是白臉黑臉一搭一唱的老套數，誰要扮白臉並不令人意外。莉莎的眼睛會笑。

我坐下，對她露出天真的笑容，將頭髮從眼前甩開。她想要我，我看得出來。她可能現在還沒意識到，但莉莎瑪辛柯警官對我有強烈的性慾。

「所以咧，怎樣？」我問，好像在世上毫無令我掛懷之事。

她拿出一包香菸和拋棄式的打火機，遞了一支菸來。我搖搖頭。「介意我抽菸嗎？」她問，試著在我們之間建立關係。

「請便。」我說。「只要記得吸菸會致死就好。」

她淡淡地微笑，點燃香菸，稍微噘起的唇將菸霧吹向天花板。「來，馬文。跟我說一點你的事。」

「你的話聽起來好像是我在面試工作。而且我想公共建築物裡應該不准吸菸吧。」

她聳聳肩。「我們有通融性。」

「有些變態需要抽菸才招供嗎？」

「有時候是，沒錯。」

「但我不抽菸。」

「對。可是我抽。你二十三歲，對嗎？」

「對。」她可能是從我的駕照知道的。

「你去紐約電影學院唸過一年，對嗎？」

「對。」這就不是從我駕照上看來的。他們調查過。我想知道他們挖得有多深。

「你為什麼輟學？」

「我什麼都沒學到。」

「你為什麼這樣覺得？」

「你知道那句老話吧。沒法創作的人才教書。」

「你相當聰明是吧？」

「你說咧？」

她又深深吸了一口菸。「對，我認為你相當聰明。你有測過智商嗎？」

「一、兩次。」

「然後？」

「一百八。或是那左右。」

她睜大眼睛。「那是天才等級。」

「超過了。」

她微笑。或許她還沒意識到我有多聰明。「你對電影有興趣，對吧？」

「當然。我是一個編劇。」透納哼了一聲，我知道他在想什麼。

「你有攝影機嗎？」

這是有趣的問題。我知道她的問題在往什麼方向去。「當然。現在不是每個人都有嗎？」

「它在哪？」

「在家。很久沒用了。」

「貴嗎？」

「貴，是專業等級的。有時我會拍一些風景。有助於我寫作。」

她點頭，將菸灰彈到地上。會面室裡沒有菸灰缸。也許他們覺得我會拿菸灰缸來當武器。「你覺得你為什麼還沒賣出過劇本，馬文？」

我皺眉。「什麼意思？」

「你覺得你的劇本很優秀不是嗎？」

「當然啊。」

「然後有一大堆比較沒才華的作家，他們的作品都被肯定了，對吧？」

「太正確了。」

「所以是什麼阻止了你？」

我俯身向前。「祕書們。」我說。「祕書們？」

「對。祕書是撒旦的使者。」

「真的嗎？」

我向後靠，微笑。「錯，當然不是。但祕書的行為就是在阻礙人。所以我才會等在房子外面，好接近最上層的人物。」

她點頭。「你寫過幾封信抱怨祕書們，對嗎？」

「是有一些。我認為最上層的人應該要知道發生了什麼事，就這樣。你為什麼要問祕書的事？」

「例行程序而已。」她說。

「我不覺得。我一點都不覺得這是例行程序。你們在找的那個連環殺手目前殺了三個祕書，對不對？而且目前失蹤的那個女人，最新的那一個，她也是祕書對不對？」

「電視報了這些事嗎？」瑪辛柯問。「不然就是《紐約時報》，沒錯。你對最新這個案子知道多少？」

我揚起眉毛。「你在問我？」

「當然。也許你可以幫助我們。」

我皺眉。「什麼意思？」

「我是指你可能會有不同的觀點。作家的觀點。」

我的脖子開始癢起來，我想抓它，但我知道她會拿任何緊張的舉動當作有罪的跡象，所以我在心裡隔絕癢感。

「來，你知道那個女人的名字嗎？」

「霍爾。」我說。「莎拉霍爾。」

「她不是為撒旦工作的祕書之一吧？」

我笑出來。如果她是設下陷阱想逮我，表現得也太明顯了。「我沒這麼想。你是說她是不是為製片或導演工作嗎？是不是為難過我的女人之一？我不知道，瑪辛柯警官。還是我可以叫你莉莎？」

「如果你想的話，可以叫我莉莎。」

我轉頭看透納。「那你呢，艾德？」

「可以叫我透納警佐，瓦勒。」

「我無所謂，艾德。」我說，對他迅速一笑。去他的。我回頭看著瑪辛柯。

「你看過那些錄影，對不對，馬文？」她說。

「他寄給電視台的錄影嗎？當然有。每個人都看過。甚至在YouTube上都有。反正是被檢查過的剪輯。」

「跟我聊聊那些錄影。」

我靠在椅背上，看著她的藍色眼睛深處，想看出她心裡在想什麼。

她點頭。「沒錯。然後他會做什麼？」

「他要她們對自己做一些事，然後把這些事拍下來。」

我聳聳肩。「我猜他就把她們殺了。」

「然後呢？」

「然後把屍體處理掉，我想。」

她俯身向前。「電視上沒報這個吧，馬文？」

「什麼？」

「屍體。我們從來沒找到她們的屍體。」

「也許他對你們而言太聰明了。」

我們四目交接，久得像是永恆。我感覺得到她直接看進我的靈魂。那是一種很嚇人的感覺，好像她搜遍我的各個口袋，而我完全沒有辦法阻擋她。「對，馬文。也許他的確是。」

「你在流汗，瓦勒。」透納說。他走到瑪辛柯旁邊站著。白臉，黑臉。「你流汗流得好像你可能藏了什麼事，不讓我們知道。」

「我在這裡很熱啊。」我說。

「沒那麼熱。」透納說。「你會熱嗎，瑪辛柯？」

「不會。不怎麼會。」

「聽到沒，瓦勒。這裡不熱。你在流汗啊，老兄。流得跟豬一樣。臭得要命、流著汗、良心不安的豬。」

我僵硬地微笑，因為我並不想笑。我想攻擊，比如踢他、揍他，直到讓他流血。「對什麼良心不安，艾德？」

他正要回答時，門打開了，一個穿制服的警察將頭伸進房裡。「嗨，瑪辛柯。這裡有個叫瓦勒的傢伙嗎？」

我像在學校一樣舉起一隻手。「就是他。」瑪辛柯說。「怎麼了？」

那警察微笑。「他有訪客。」他說。

「該死的律師。」透納嘆氣。「我就知道。」

警察的笑容漾開了，把門推開。一個送披薩的小弟拿著紙盒站在那裡。我對瑪辛柯笑。「我不確定你想吃什麼口味，所以我點了什麼料都有的厚片披薩。除了鯷魚以外，什麼都有。我討厭鯷魚。」

瑪辛柯忍不住對我笑。她笑起來的時候真的很漂亮。她身上有種連這份工作都無法掩藏的閃耀感。「我也是。」她說，我可以感覺到我們之間有個連結正在形成。

＊＊＊

你透過偷窺孔檢查，看見她躺在床上，盯著天花板。你在鍵盤上敲了數字組成的密碼，一推開門，她就跳起身，站起來的時候，鏈子在地板上

叮鈴作響。她有幾秒鐘忘記移開目光，但接著她看見電擊棒，就迅速看向地板。她的雙手開始顫抖，她將雙手放在身前握緊。你繼續看著她，同時關上身後的門。她沒抬頭看，你微笑了。她學得很快。

你慢慢走向她，從容不迫地享受著。期盼是樂趣的一半。你在離她六尺處停步，你知道她看得見你的腿，但她還是沒抬頭。她的金髮向前擺盪，在臉周圍打造了一片簾幕，輕擦著她的肩膀，發出柔和的沙沙聲。

她的裙長剛好在膝上，擁抱著她的臀部和大腿。她的腿稍稍分開地站著，裙子在兩腿間延展著。你低頭看向她的腿，意識到有事不對勁。她沒穿鞋。你看見鞋子擺在床下，你再轉頭看著她的腿時，你看見光滑和曬黑的腿，她沒穿絲襪。

「你的絲襪呢？」你語氣嚴厲地問，她畏縮了。

「在浴室。」她緊張地說。

你走向前，相當用力地給她肚子一拳，她彎下腰來，頭撞在你胸前。她的身體被帶著咳嗽的嗚咽弄得僵硬起來，你抓住她的肩膀，讓她站好。

眼淚在她兩頰奔流而下。你深呼吸讓自己冷靜。下達所有命令時都必須不帶怒氣、冷靜且理性。要有威嚴。「我叫你洗澡，然後穿好衣服。意思就是穿好一身的衣服。我沒叫你別穿絲襪或鞋子。我要你看起來是最佳狀態。聽懂了嗎，莎拉？」

「懂。」她說，用手背擦擦鼻子。

「很好。」你說。「我希望你再洗一次澡，然後我要你穿著整齊。明白了嗎？」

「懂。」她說。她抬頭看你，大大的藍眼睛濕潤且浮腫，接著又意識到自己違反另外一個規則，迅速看向下方。

「很好。」你說。「但在我離開你以前，我要懲罰你，這樣你就不會再忘記了。」她的身體抽動了一下，逃開，但你把她推回床上，將電擊棒湊近她的左臂。「我不想這樣做，但這是為了你好。」你說，然後按下按鈕，電極冒出藍色的火花，你將它們按在她的身體上，她掙扎，然後尖叫起來。

* * *

我赤腳繞著室內踱步，喝著咖啡，嚼著貝果。門鈴響起。「走開！」我大吼，因為我正想事情想到一半，我不想被打擾。

「馬文，請開門。」是瑪辛柯，我知道她還有伴。

「我在忙。如果你沒有帶搜索狀就走開。」我繼續踱步，聽見有人低聲交談。透納跟她一起來。我可以感覺到他們就在門外，我覺得創意之流停下來了。我奮力讓想像力維持在軌道上，但它像散去的霧一樣消失。我低聲詛咒。

我打開門時，他們像閱兵場上的士兵一樣站在那裡。「你們這兩個人為什麼一直進得來？」我問。「這裡的保全系統應該能擋掉討厭鬼才對。」

「哈、哈。」透納說

「我們可以進去嗎？」瑪辛柯問。我挑起一邊眉毛看著她。「請？」

她補充。

我靠到一旁，讓他們進來。「想喝咖啡嗎？」我問。他們都搖頭。

「那找我有何貴幹？」

瑪辛柯看著打字機旁的一疊紙。「你在寫東西？」

「當然，我一直在寫東西啊。作家就在寫作，這是我們的工作。你懂吧，就像偵探就在偵查啊。」

瑪辛柯對那疊紙點點頭。「所以那是什麼？」

「一部驚悚片。有點像拉斯維加斯賭場版的《終極警探》。麥特戴蒙來演主角的話就太棒了。」出於某些理由，我想跟她說我在寫什麼。我想要她靠近我。

「真的嗎？」

「對。而且我還想到另一個很棒的構想，是一部感覺真的很好的電影。我要把片名叫做《退還寄件人》（*Return To Sender*），就像貓王那首歌，你知道那首歌嗎？」

「我當然知道。我是貓王的大粉絲。」

「是嗎？好，所以它是在講一個中西部小鎮的五個中年鄉下人，他們每週四晚上都聚在一起打撲克牌。他們很相像：過胖、穿著很糟糕、嗓門大、討人厭——而且單身。沒有女人能忍受嫁給他們任何一個人。接著，其中一個人出現在撲克夜時，帶了一個郵購菲律賓新娘的廣告來，所有人一致覺得這是絕妙的主意——美麗的年輕亞洲新娘，為了美國人什麼事都願意做。

「他們寄信郵購出售的女孩，兩個星期後，他們就出發去馬尼拉面對面會談。這五人帶著年輕的新娘回到小鎮上時，鎮民憤怒得要命。大家認為新來的人比妓女好不了多少。當地牧師做了一次講道來譴責他們，那些女孩在街上都沒人理睬，店老闆們拒絕為她們服務。事實上那些女孩裡面，除了一個是例外，其他都是善良的天主教徒，真的很想成為忠誠、努力工作的妻子。新來的人被鎮上的年輕小夥子追求，但她們全拒絕了，除了那個例外的女孩蘿莎，她以前是酒家女，現在決定瞞著丈夫開始跟男人睡來賺錢。」瑪辛柯聽的時候，頭歪向一邊。她似乎被迷住了，但透納跪在床邊，檢查床底。我知道他在找什麼——攝影機。我不理他，繼續講故事。

「女孩們對所有美國的事物都很著迷，特別是貓王的歌。你想像她們走在鎮上的主要街道，穿著短裙和緊身上衣，伴著〈退還寄件人〉這首歌曲，鎮上的人都盯著她們，說起閒話。」

瑪辛柯點頭。她懂。

「好，所以那些女孩似乎沒有發覺自己為鎮上帶來的影響，她們微笑、傻笑，甚至面對敵意和無禮時也一樣。那些鄉下人定期的週四撲克夜持續進行，週四夜也變成那些女孩聚在一起的時候。她們討論自己和丈夫之間的問題，而同時男人們玩著撲克，吹噓自己的性生活。那些女孩逐漸贏得鎮民們的心。她們熱衷於經常上教堂——坐在前排，讓牧師和彈風琴的人分心無比——並且把空閒時間花在清理教堂，整理墓地和供應鮮花。這些女孩也開始逐漸改變自己的男人——她們打扮他們的外表，改

善他們的飲食跟舉止，幫他們做生意。這些女孩們聰明又有魅力，而且還來不及意識到，那些鄉下人就已經在被改變了——往好的方向去。他們的生意興隆起來。那些女孩甚至團結在一起，去結束了蘿莎的自由工作。」

透納放棄尋找攝影機，走回主要的房間來。他低頭看著咖啡桌上的那疊紙。他顯然對那個故事不感興趣。但瑪辛柯感興趣。我似乎擁有她的所有注意力。

「教堂缺錢，這些女孩計畫辦一場小鎮舞會來籌錢。」我繼續說，一邊講一邊踱步，因為這是我思考的方式。「那些女孩決定教自己的男人搖擺舞，因此遭到很大的反對。她們各自用自己的方式，說服自己的男人學舞步：一個不給酒喝，一個不給食物，另一個拒絕讓老公抽菸，一個藏起老公的保齡球，而蘿莎靠不做愛來讓老公學舞。小鎮舞會的那一晚，牧師向那些女孩道謝，小鎮居民鼓掌喝采，那些女孩跟自己的丈夫一起進舞池去。」我停住腳步，將手伸向她，像演員期待掌聲出現。「好，你覺得如何？是感覺很好的電影嗎，還是怎樣？」

「非常棒。」她說。

「爛斃了。」透納吼道。

「你真的這樣覺得？」我問瑪辛柯。

「對，你應該寫下來。」她說。

「是啊，也許會寫。等我完成《退房》以後。」

「《退房》？」

「那個賭場的故事。但你真的覺得它會大紅？你不是說說而已吧？」

她微笑，似乎是發自真心。「你應該寫它，馬文。」

我們站著凝視彼此。我有一瞬間忘了她是警察。「好。我也許會寫。」

透納輕輕哼了一聲，像準備好要起跑的賽馬。我不知道他們想要什麼。其實我知道他們想要什麼：我，或盛著我頭顱的盤子。「來。找我有何貴幹？」

「只有幾個問題，馬文。記錄需要。」

「是嗎？我們在締造記錄了是吧？」

她微笑，但沒上鉤。她很酷，她是瑪辛柯警官。「這個地方相當小吧？」她問，環顧室內。

「對我來說夠大了。」我回答。

「但你一定比較喜歡更大的空間吧？」

我聳聳肩，好像怎樣我都不在乎。「這只是寫作的地方而已。」

她突襲我，像貓撲向鳥。「所以你有別的住處，更舒服的住處囉？」

我瞇起眼睛。「你為什麼這樣想？」

「這裡有點小，我的意思只是這樣。你為什麼不搬去比較大的地方？」

「作家在掙扎時會寫出最好的作品。」我說。「這是事實。」

「但你沒在掙扎啊，不是嗎？」我覺得她的問題像鋼鐵圈套一樣，將我束緊。

「我目前還沒賣出過劇本，我不知道你接下來是不是想講這個。」

她甜甜地微笑。「我想你知道我接下來想說什麼，馬文。」

「對。」透納吼道。「天殺的他完全知道我們想講什麼。」

「你在演一個角色對不對，馬文？這一切對你來說，都是一個遊戲，對不對？」

「我不知道你在講什麼。」

她朝屋內一擺手。「這裡，這一切，全都不是真的，對嗎？這裡是一個形象，是你覺得掙扎奮鬥的作家就該住在這種地方，對嗎？」

「你想怎樣？」我說，試著保持聲音穩定。

「你爸是山姆瓦勒吧？」她的聲音小到幾乎跟耳語一樣，好像在跟我說一個祕密。

「你為什麼要問？」我說。「你要是知道的話就知道了啊。」

「好，那我告訴你。山姆瓦勒是你父親。而他過世後，留給你超過七十五萬美金的遺產。」

「說不定他已經花光了。」透納說。我不理他。

「所以一個有七十五萬美金的人不需要住在兔籠裡吧，馬文？」

「除非他自己想住。」我說。

她緩緩點頭。「我們是這樣想。其實我們是認為，說不定你在別的地方有另一個家。比較大的地方。」

「一個我或許可以囚禁女人的地方？」

「看，馬文。我就知道你會懂。」

「不。」

「不？你是說你不懂嗎？」

「我是說沒有，這裡是我唯一的家。」

「對，但你知道我們的疑問了，馬文。你必須這樣講不是嗎？如果你有別的家，如果你把莎拉霍爾關在那裡，你也不會告訴我們，對吧？」

「我想不會。我可以拿飲料給兩位喝嗎？」

「不用，謝謝。」

我轉身看透納。「你呢，艾德？」

「我們知道你就是那個人，瓦勒。」他說。

「那個人？什麼人，你生命中特別的人嗎，艾德？你是這個意思嗎？我完全不這麼認為啊。我們才剛認識而已。」他對我怒目而視，我看得出來我惹火他了。我回頭看向瑪辛柯。「聽著，這太扯了。你們一開始跟我說我不准去別人家打擾他們，現在你們指控我是連環殺手。」

「沒人拿任何事指控你。」她說。

「目前還沒。」透納說。這句話像惡臭一樣飄盪著。

「如果我們指控你，我們會宣讀你的權利。」她說。「我知道我的權利。」我說。

「我曉得你知道。」她深呼吸，乳房似乎將上衣撐起了一下。「馬文，我們有一個問題。」

「我們？」

「我們做了一些調查，找到的結果有點令人擔心。」

「擔心？」我不喜歡這段對話進行的方式，但我已經失去主導權。球在她場上。

「你開始看來吻合我們目標對象的側寫。你知道什麼是側寫嗎？」

「是。我知道。」

「那你就能明白我們會擔心的理由。我們得查證，徹底清查。讓我們自己確定你不是那個殺手。」

「太離譜了。」

「不，這不離譜。這是警察的行動。這是我們的工作。你對連環殺手了解多少？」

我困惑地搖搖頭。「我不知道。就是我讀到的那些。做研究用的。」

「好。」她等我繼續說下去，保持沉默的空隙，希望我填滿它。

「他們通常是白人。」我終於說。「很少是黑人。通常是男性，而且通常是二十歲到二十五歲。就因為這些理由，是嗎？這就是你們的側寫？光是在紐約，一定就有成千上萬人適合這些描述。」

「我們的側寫比這個詳細一點，馬文。」

「是嗎？」

「對，我們從昆迪克[7]的聯邦調查局側寫師那裡得到一些幫助。我們的側寫長達十二頁左右。而我們愈看你的背景，就愈覺得側寫在描述的人是你。」

「我不相信你。你只是想嚇我。」

她像希望跟我做朋友一樣微笑，好像我可以相信她。「馬文，我們為什麼會想嚇你？」

「那你就說說看我有多吻合側寫。」

「好。你是長得好看的年輕男性。根據這分側寫，罪犯很英俊。對女性有吸引力。」

我大聲笑出來。「拜託，瑪辛柯警官。我說過不要討好我呀。」

「這不是討好。我是在跟你說實話。」

「所以你們那位聯邦調查局側寫師為什麼覺得殺手長得好看？」

「因為受害人失蹤的時候，從來沒留下任何掙扎的跡象。他一定能夠在不嚇到女人的狀況下接近她們。我們認為他對她們下了藥，然後才將她

們帶走，所以他一定相當壯。但如果他很強壯，他就有威脅感——除非他是長得好看的傢伙，女人受到他吸引。你是四十五街一家健身房的會員，對吧？」

「對，我有時候會健身。」

「你的力氣或許可以舉起我？」

「當然。還有什麼？」

「我們覺得我們在找的這個人，智商高過平均值不少。可能是天才。」

「根據是什麼？」

「根據是我們現在追緝他的進度跟兩年前一樣。因為他從沒留下任何可以分辨他身分的證據。也因為我們從來沒找到屍體。喔，他就是聰明

7 昆迪克（Quantico），位於維吉尼亞州威廉王子郡的市鎮，鎮上有美國海軍陸戰隊在世上最龐大的基地之一，聯邦調查局的犯罪實驗室（FBI Lab）及訓練學院（FBI Academy）即位於此基地內。

啊。」

「還有什麼？」

「對電影有興趣。」

「因為他拍他的受害者？」

「不只這樣。技術品質很好，那些錄影在寄到電視台之前經過剪輯，有種專業感。而你以前念紐約電影學院吧？」

「你知道我有。」

透納將雙手放在髖部，就像職業拳擊手在回合間會做的姿勢。「你的攝影機在哪，瓦勒？你跟我們提過的那一台，專業等級的，你用來拍風景的。」

我聳聳肩，好像我根本沒想過這件事。「我借給一個朋友了。」

「想把他的名字給我們嗎？」

「不怎麼想。」我轉身面對瑪辛柯。「你目前為止說的事，沒有一件是明確在講我，莉莎。」我說，叫她的名字，拉近距離。

她直視我的眼睛。「馬文，」她說。「你知道莎拉霍爾在哪裡嗎？」

我繼續看著她，抗拒想移開目光衝動，抗拒想抓鼻子或換腳的衝動，還有其他會暗示我說謊的一大堆信號，她受訓來觀察的那些信號。我忍住了所有衝動。「不知道，」我說。「不，我不知道。」我微笑。「你不需要搜索狀也看得出來她不在這裡。」

「所以我們好奇你是不是在別的地方有另一個家。」

透納像菸抽太多似地咳嗽。「對。比較大的地方。」他說。

我搖頭。「所見即所得[8]。」

瑪辛柯點點頭，好像在思考我說的話。「你一直在關注這個案子對嗎，馬文？」

8 所見即所得（What you see is what you get，縮寫為WYSIWYG），電腦術語，指視覺化編輯，令螢幕上的內容與編輯指令、列印出的成品一致。此指所有物品即如眼前所見。

「當然。我有在看電視。」

她繼續點頭，用美麗的藍眼睛看著我。沉默在我們四周像水結冰一樣結晶。「你這樣說，」她終於開口。「可是你沒有電視，馬文。」

我盯著她幾秒鐘。長長的幾秒鐘。「電視送修了。」

「真的嗎？」她明顯不相信我。

「真的。」

「那錄放影機呢？」

「什麼意思？」

「你說你有攝影機，但你沒有錄放影機。沒有DVD或硬碟播放器。還是播放器也拿去維修了？」

「我借給要借攝影機的朋友了。」

她對我友善地笑。「你不笨，馬文。你看得出來這段話在往什麼方向去。」

「對。但你還是沒有可成立的理由。你有一份側寫，就這樣。」

「所以我們在想你能不能跟我們去一趟警局，無論如何幫我們釐清這件事。」

「我不同意。」

她盯著我一陣子。「請。」她說。

「這次不行，莉莎。」我說。「這已經不是在玩笑了。」

透納靠近我身後。我聞得到他呼吸裡的大蒜味。大蒜味混著汙濁的菸味。「這一直都不是玩笑，瓦勒。」他說。「你殺了那些女人，如果你還沒殺莎拉霍爾，你接下來就會殺她。我們知道是你幹的，瓦勒。」

「那就逮捕我，艾德。」

他微笑。「我們會的，瓦勒。我們遲早會逮捕你。」

「馬文。」瑪辛柯打斷。「我們想要你接受測謊。」

「法庭不會採納測謊的結果。」

「是不會，但會讓我們放心。」

我考慮了一下，覺得可能會很好玩。我點頭。「但今天不行。」我說。

「看你何時方便，都行。」

「明天下午。三點。」

她點頭。「好。」她微笑。「謝謝，馬文。」

＊＊＊

你站在門前，眼睛貼上偷窺孔，一隻手平放在上漆的木材上。門的觸感很溫暖，但它會騙人，因為在木片底下，是兩寸厚的冷硬鋼板，以強化鉸鍊固定在水泥牆上。她坐在床邊，長長的腿在腳踝處交叉。看見她穿著高跟鞋時，你的心窩有股揪緊的感覺。她看著將鏈子鎖在腰部上的扣鎖，你知道她在找掙脫的方法。她仍然執著希望自己可以找到逃脫的方法。這種感覺很好，看著她而心知你有絕對的權力能控制她。她伸手擦擦鼻子，好像鼻子在癢，這個小動作像小朋友似的。她直視著門，幾乎就像看見你了，雖然你知道這是不可能的。她是在想自己真能擺脫鏈子的話，有沒有辦法打開那扇門。

你在鍵盤上敲了數字密碼組，門栓喀噠一聲彈回去。你再次透過偷窺孔檢查，看見她站起來，雙手環抱腰間，頭低下去。你打開門，踏進房間。「很好。」你說。「你看起來好多了。」

你關上身後的門，背靠門站著，享受這股期盼感。不是性，你明白，這是更強烈的東西，刺激多了。是權力，讓另一個人類遵從你意願的能力，無論對方是什麼人都一樣。這種權力能讓對方依你的希望做任何事，然後漸漸將對方珍視的一切奪走：自由、尊嚴，最終是生命。你感覺到一陣期盼的顫抖，緊繃到令你屏息，閉上眼睛。幾秒鐘後顫慄消失了，你將雙手貼在長褲的兩側。

你的手掌冒汗，但反常的是：你口乾舌燥。你走進浴室，從架子上拿一個紙杯，架子就在鎖於牆上的金屬鏡下。你在杯子倒滿冷水，慢慢喝了半杯，然後將它帶回主房間來。你站在床尾，看著她，側面對著她。她有很棒的外表，沒有跡象顯示她是有年輕孩子的媽媽。一個字眼忽然浮上心頭：成熟。這女人成熟到可以採收了，就像準備好要從樹上掉下來的水果。你舔舔嘴唇。「脫掉你的上衣，莎拉。」你沉著地說。她開始顫抖，首先你以為她會抵抗，但接著她的手慌亂地伸向上衣的鈕釦。她一顆一顆解開釦子，然後雙手垂向身體兩側，好像不情願順從指令。

「脫掉上衣。」你說。她閉上眼睛，深呼吸，然後將聳肩讓上衣從肩膀落下，將手臂從袖子中抽出來。她半轉身，將上衣放在床上，小心翼翼不碰觸你的目光。她的手回到原本的位置，環抱腰部。你走到她面前站住。她的乳房隨著呼吸起伏，你看得見她的乳溝有幾滴汗珠凝聚在一起。她的胸罩是白色的，有蕾絲，前面有個小金屬釦。它看起來實在太小了。或許她是故意買得太小，知道這樣有將乳房集中的效果，讓乳房看起來更大更堅挺。她的皮膚是乳白色，沒有什麼東西的痕跡，沒有疤痕或色斑，好像花過很多錢在昂貴的油脂和肥皂上，而且避免曬太陽。你享受這一刻，抗拒躁進的衝動。你對一開始那幾個就躁進了，但你從錯誤中學到了教訓。要真的珍惜這分權力，過程就得延展。延長。

「莎拉，」你說。「我要你脫掉胸罩。」

她緊張地吞口水。你知道她在想什麼。她覺得她聰明，她覺得只要自己能跟你講話的話，她就可以說服你讓她離開。她習慣對付她的小孩，用頭腦的力量維持她們的秩序，而且她習慣為所欲為地對待可能很仰慕她的丈夫。她這輩子靠可愛的笑容、說出對的話，就始終能得到自己想要的東西，她認為只要自己找得到正確的話說，你也不過是個容易動搖的人。可是她記得電擊棒，她知道自己一旦開始說話，你就會再次傷害她，而她不想受痛。她的手開始顫抖。她想冒險，她想嘗試說服你罷手，因為她看得出這個狀況在朝什麼方向走。脫掉上衣是一回事，她在更衣室或家人面前可能都會做。胸罩就是另一回事了。胸罩代表她不想越過的界線。

「胸罩，莎拉。我不會再問一次。」

她的嘴唇分開，你以為她真的會開口，但接著那雙唇又緊閉起來。她的雙手緩慢上移，伸至鈕釦，但不想真的解開鈕釦。她需要一點推力。

「莎拉，你想再看到你的小孩，不是嗎？」

你聽見鈕釦解開的喀噠聲，胸罩像感覺到陽光的花朵般綻放。你看著蕾絲從她乳房的白色肌膚上退開，幾乎像原本就附著在肌膚上。乳房向外、向下擺動，好像從監禁中解脫出來。可是她將胸罩滑脫時，你看得到她的乳房仍在抗拒地心引力的巔峰，驕傲且豐滿地聳立，小小的乳頭豎起。她將胸罩丟在床上，將兩手手臂交叉胸前，想遮掩裸體。你偷笑。「放開手。」你說。她照你的話做。她開始哭，小小聲地，動物般帶鼻音的聲音，眼淚則流落她的臉頰。哭泣是防禦的回應，你知道。不管是有意識或無意識地，她希望在表達出脆弱與不設防後，你就不會碰她，像聽人擺佈的狗仰躺著，後腿間的尾巴和喉嚨都暴露出來。我很脆弱，她在表示，我沒法傷害你，所以不要碰我。她沒意識到是自己的不設防讓你如此受吸引、受刺激。你欣賞她的眼淚。你讓她站著，她的頭低著，眼淚噗通落在瓷磚地上，你回去浴室，壓皺了紙杯，將它丟進廢紙簍中。

你回來時，她仍在落淚，但雙手保持在身側，就像閱兵行列中的士兵。你站在她面前，輕輕用雙手捧住她的乳房，為它們的柔軟嘆息。你用

大姆指愛撫她的乳頭，想擰它們、傷害它們，但抗拒這股衝動，知道痛苦要等之後再露面。首先一定要控制好。讓她完全地順從。

「拜託。」她啜泣。「請讓我走。」

你忽然急吸了一口氣，她退縮。「我會假裝沒聽到這句話，莎拉。」你說。「但如果你再跟我講一次話，我就再把你鏈到床上，然後把你打到半死不活。來，跪下。」

她嚥下口水，更多眼淚流下，但她照吩咐做。你低頭看著她的頭頂，她的髮色到髮根都是金的。柔軟閃亮的頭髮。你伸手摸它，讓髮絲在你的手指間溜過。你想扯她頭髮、扭她頭髮，聽她尖叫。你的呼吸變快，所以你抑制自己這麼做。她的頭頂高度在你的腰部，你不用看就知道她閉著眼睛。你撫摸她的左臉，滑至下巴，將她的頭往上抬，好讓她的頭髮垂落回肩膀上。眼淚讓她看起來沒那麼動人，但增加了她的脆弱，對你而言，這正足以撩起你的性慾。也許還更興奮一點。

「把我的拉鍊拉開。」你跟她說，她的表情扭曲，像剛被告知小狗死掉的小女孩。她的手停留在身側沒動，所以你重複了指令，握緊她的下巴，告訴她如果不聽話，接下來她會嚐到什麼滋味。她的雙手摸索，不確定要碰哪裡，撞上你的褲子，然後找到金屬鍊環，將它拉下，拉鍊發出解開的聲音。「很好，這樣很好。」你安撫她說，然後你解釋你希望她對你做什麼，她要怎樣用嘴巴和舌頭，以及她從頭到尾都必須保持眼睛張開。

＊＊＊

透納和瑪辛柯不會罷手，這一點我很肯定。我擔心測謊的事，但沒太擔心。那只是一台機器，機器都會出錯。法庭也不會採用測謊的結果。這不成問題。可是透納和瑪辛柯現在是問題了，將來我得保護自己。

他們識別證上僅有的資訊，是他們的名字、級別和所屬的管區，不過這些就足以著手某些動作。我坐進扶手椅，將一張新的紙滑進打字機。我寫了四封信，全是給奧爾班尼帝國廣場（Empire State Plaza in Albany）的

紐約州汽車監理所。他們有本州所有駕駛執照和車輛登記的記錄，只要幾塊美金，他們就會調出任何一位居民的資料。關於你要查的對象，他們比較希望知道名字和生日，但如果你只有對方的名字，只要隨函附上數字夠大的支票，他們就會按字母搜尋。首先，我打電話去問了每一種搜尋的價格。

我寫了一封信給駕駛執照部門，要求他們在駕駛記錄按字母搜尋艾德透納，隨函覆上標準費用，另外再加一張支票，免得本州有不只一個叫艾德透納的居民。我寫了一封同樣的信去要莉莎瑪辛柯的駕駛記錄。

其他兩封信寄到同一地址的車輛登記部門，這一次是問這兩人名下任何車輛的記錄詳情。我附上了更多支票。

我密封了信封，坐著盯了一陣子。透納和瑪辛柯不知道自己在招惹誰。不過他們很快就會知道了。

＊＊＊

你一打開門，她立刻跳下床，你把身後的門關上時，她已經站住了，頭低著，雙手相握放在腰部的高度。順從的姿勢。就像奉承的店員歡迎有錢的顧客。

你把白色購物袋放在床上。「這裡有一些新衣服，我要你晚點穿。」你告訴她。「全部，內衣、絲襪、髮帶，全都要穿。」她點頭，但沒有說話。她的頭髮還是濕的，好像才淋浴完沒多久。床邊的地板有裝著剩餘早餐的紙盤，早餐是裝著你兩小時前帶來的，有一個牛角麵包和一根香蕉。你走進浴室，檢查一切是否在應有的狀態。你知道裡面沒有東西可以拿來當武器，但確認一下總是比較好。一切都在應有的狀態。

你走回房間時，她正在摩擦兩手。「我可以說話嗎？」她說。

你站在她面前，好像在思考她的要求。過了一陣子後，你伸出手摸摸她的臉頰。「你昨天做得很好。」你告訴她。「你可以說話，作為獎勵。不過僅此一次。」

她吸氣發抖，好像一股冷風吹過她的背。「你為什麼要做這件事？」她問。

你親切地笑。「因為我想。」你說。「因為我能。」

「請放我走。」她說。

「最後我會的。」你撒謊。

「你會嗎？」她猶豫地說，好像害怕你會改變心意。

「當然。」你撒謊。

她生硬地嚥下一口口水。「我可以打電話給家人嗎？」

你大笑，聲音像手槍的槍聲一樣迴盪在房內。「不行，莎拉，我沒法信賴你做這件事。」

「他們會擔心我。」她說。「他們會找我。」

這意思裡的威脅性太可笑。她還是沒放棄希望。她還是以為自己可以用溫言軟語巧妙地控制你，可以說對話來促使你照她的意願行事。你想當她的面笑出來，看她痛苦的樣子，但你不會這樣做。「我跟你說我會做什麼。」你說，語氣柔和。「我會聯絡他們，跟他們說你沒事。說你很快就會回去跟他們在一起。」

她迅速抬頭，眼神中的希望像烽火般熱烈。你保持嚴厲的表情，抗拒微笑的衝動。「會嗎？」她問。「你會打給他們？」

「當然。」你撒謊。「但首先你得為我做一些事。懂嗎？」她熱切地點頭，接著她意識到你是指什麼事，神情閃過一片陰霾。她的眼淚湧向眼眶，同時開始用顫抖的手指解開上衣的釦子。

＊＊＊

他們請來操作測謊機的傢伙，是一個東方人，來自韓國，或者說不定是日本。我跟在透納和瑪辛柯後面走進房間時，他對我微微點頭。我認得那個機型。那是拉法葉儀器公司（Lafayette Instrument Company）出的哈

里伯頓大使（Ambassador Halliburton）。這是台好測謊機，但它只是一台機器，我不會因此擔心。

「我們真的很感謝你過來，馬文。」瑪辛柯說，用好聽話來奉承。

「嘿，我只是想讓你們別纏著我。」我說。「如果這樣做就行的話，那就來吧。」也許我態度太隨便，她用奇怪的眼神看著我，好像我上衣穿反似的。

「你以前接受過測謊嗎？」她問。

我眨眨眼。「也許你該等到我連上機器再問我任何問題。」那個東方人忙著弄設備時，我在桌子上坐下。「調查進行得如何？」我問。

透納用食指把眼鏡往鼻子上方推。「進行得很好，瓦勒。」他看向那個東方人。「準備好了沒，博士？」

東方人點頭，開始將感測器貼在我身上：一個血壓計測量血壓和心跳，貼在大姆指和食指上的電極是接皮膚電流反應的監測器，橫越我胸前的帶子是測呼吸。皮膚電流反應監測器應該是最難耍詐的部分，因為它有效地追蹤不隨意神經系統。它測量的是皮膚的傳導係數，我越是流汗，皮膚的電阻越低，而至少在理論方面，我越是撒謊就越會流汗。流汗不是我可以控制的事，由心理控制絕對辦不到。可是我離開公寓以前，在兩隻手都噴了艾瑞德（Arrid）的無香型超乾爽止汗劑，所以不管我受到多少壓力，兩隻手都不會流汗，不會超過基準線。要騙過那台機器，這不是絕對可靠的方法，但有做總比沒有好。

東方人一邊工作，一邊跟我說他使用這個設備多久了、它有多準確、受試者多不可能耍詐，他為聯邦調查局、國務院和《財星雜誌》所列前五百大企業的幾間公司工作過。我點頭，睜大眼睛。這些話是過程的一部分，讓我認為這台機器絕對可靠，這樣如果我撒謊了，得到的壓力就會更大。你看，這就是測謊機的神話之一。它分不出來真話跟謊言的差別，它只會測量生理跡象。它實際上測量的是罪惡感。如果我在撒謊跟說實話時出現同樣的生理跡象，這機器就判斷不出差別。沒有罪惡感，這台機器就沒用。

我對瑪辛柯微笑，等問題出現。她今天沒用那麼多化妝品，也減輕了唇膏的色調。不過她看起來仍然很漂亮。對於一個女警而言，其實是太漂亮了。

「你知道吧，馬文，如果你有任何事想告訴我們，現在就是一吐為快的時候。」她說。

我緩緩搖搖頭。「我沒做任何壞事，莉莎。」

她朝設備點點頭。「只要記得這麼做是讓一切更正式而已，就這樣。如果你想要我們幫你，你就得幫我們忙。現在就是時候。」

她是這麼好看穿。測謊機只是一台機器，但它帶著一種神祕性，意味一大堆人都怕它的神祕性。警察利用這一點，甚至在機器還沒運轉時就開始問問題，想光靠對方的恐懼就獲得招供。這也是有用的。如果有人撒謊，如果他們相信這台機器會發現，那立刻說實話就很合理。這就像老警察的伎倆：「反正我們什麼都知道了，只是需要你釐清剩下幾個細節。」對，噢，警察的把戲對我沒用，而且我很確定他們的機器也沒用。瑪辛柯想知道我以前有沒有接受過測謊。有。而且測過幾次。事實上，我以前有一台，常常跟它玩。研究用的。我在寫一個連環殺手獵捕女星的劇本，我想知道一個人要怎麼騙過測謊機。測謊機只要幾千美金，所以我買了一台，研究了幾小時。測謊機嚇不倒我，這就贏了一半。

東方人弄完他的線路，對透納點點頭，讓他知道我們準備好開始了。瑪辛柯面前有一本筆記本，她拿著一隻鋼筆。照樣子看來，她把問題都寫下來了，這樣她就可以保持穩定的節奏。不給我太多時間思考是很重要的。「好，馬文，我想現在我們準備好了。」

首先幾個問題是要建立基準線，是他們知道答案的一般問題。我叫什麼名字？我幾歲？我住哪裡？我的眼睛是什麼顏色？我以前在哪裡念書？基準線對機器的準確性而言極為重要。操作員得依照受試者對測試問題的反應，設定測謊機的基準線，所以如果你搞砸這些問題，接下來你就全都搞砸了。我讓臉部放鬆，但緊繃雙腳，緊緊捲縮腳趾。我在兩隻鞋子各放了一個小釘子，就放在腳趾間，我一踩它們，它們就陷進肉裡，很痛。我

獨斷、冷靜地回答問題，但雙腳的痛苦意味東方人接受現在的壓力是正常值，並據此設定基準線。這些人啊，蠢斃了。

「好，瓦勒先生，你表現得沒問題。」東方人在我後方說。他待在我視線外，因為這樣應該能增加我的壓力水平。

我轉身對他笑。「我有點緊張。」我說，要那個小男孩，讓他覺得掌握控制權，因為他越自大，就越有可能被誤導。這台機器只跟它的操作者一樣好，而人比起機器來甚至更容易被耍。

「每個人都會緊張。」他說。「別擔心。」

「好。」我說，在椅子上坐好，看著瑪辛柯，同時踩腳趾間的釘子。

「現在我要請你描述過去讓你覺得有罪惡感的事。」他說。「你可以幫忙描述一下嗎？」

「當然。」我說。

「請說。」

我停頓片刻，像是困惑起來。「哪一種事？」我問。

「什麼事都可以。比如偷過東西就算。」

我看著瑪辛柯。「好，但如果是不合法的事呢？」

她微笑。「你做過不違法的事嗎，馬文？」

「這是測試的一部分嗎？」

「不是，這不是測試的一部分。」東方人說，顯然急躁起來。「瓦勒先生，任何事都可以。說不定是童年時代的事。」

「好，」我說。「好。我有一次在學校的時候，拿走了一個小孩的腳踏車。」這不是實話，是我昨天晚上編出來的，但是讓機器記錄罪惡感很重要，所以我狠狠踩了釘子，而且收緊背部肌肉和隔膜，我從經驗知道這些動作會讓我的血壓上升。「他比我小一點，我十五歲，他十二歲左右。我推開他，搶走腳踏車。他的頭撞到地上。他流了血，但我騎走腳踏車，留他在那裡。」

「這件事讓你內疚嗎？」

我再次收緊肌肉，然後深吸一口氣，等了幾秒鐘才回答。又一個罪惡感的回應，這樣操作員就覺得他知道我撒謊時的測謊線條長什麼樣。

「對。到今天還會。他傷得很重，但我只是想要那輛腳踏車。」

瑪辛柯看著操作員，顯然得到她可以開始問話的信號。她低頭看著自己的問題。我期待地等著，放鬆雙腳，緩慢且平均地呼吸。她抬頭。

「你的名字是馬文瓦勒？」更多對照用的問題。「對。」

「你是作家？」

「對。」

「你有出版過任何作品嗎？」

「沒有。」

「那賣出過劇本嗎？」

「沒有。」她想激怒我。爛招。我放鬆身體，維持平均的呼吸。我的雙手都相當乾燥。

「你不喜歡祕書，對嗎？」

「不喜歡。」

「為什麼？」

「祕書擋住我，不讓我達成目標。」

「你有傷害過祕書嗎？」

「沒有。」

「你殺過任何人嗎？」

「沒有。」

「你強暴過任何人嗎？」

「沒有。」

她看著我幾秒鐘，然後把目光轉回筆記本。她翻頁。她到目前為止還沒問到任何我沒準備過的問題。昨天我寫了幾百個可能會被問到的問題，以及我該給的答案，花了幾個小時複述，直到我能自動回答，直到我的潛意識幾乎相信所有我給的答案都是真的。一個夠常複述的謊言就會變成真相，至少就測謊機而言是這樣。

「你爸是山姆瓦勒？」基準線的問題，查對我的反應水平。我將釘子踩陷在趾頭的肉裡，保持表情沉著。「對。」

「你住在紐約？」

「對。」

「你知道莎拉霍爾在哪裡嗎？」

我放鬆雙腳，自在地呼吸。「不知道。」

「你有綁架莎拉霍爾嗎？」

「沒有。」

「你有殺莎拉霍爾嗎？」

「沒有。」

透納喃喃抱怨幾句，然後走來站在瑪辛柯旁邊。她要問完問題了。瑪辛柯抬頭看他，然後幾乎是令人難以察覺地點點頭。

「我們知道是你幹的，瓦勒。」他說。

「不，你們沒有。如果你們知道，我們就不用做這件事了。」

「我們知道是你幹的，我們會逮到你。」

「不，沒這回事。」

「你以為自己他媽的聰明斃了，對吧？」他說，俯身向前，將雙手靠在桌子上。他從眼鏡上方瞄著我。

「只有跟你比的時候才是，艾德。」

「你對她做了什麼？」

「誰？」

「你知道是誰。莎拉霍爾。」

我聳聳肩，他瞪著我。「那台機器探測不到聳肩，瓦勒。」

「我們說過這些事了。我不認識莎拉霍爾。我沒綁架莎拉霍爾。我沒殺莎拉霍爾。如果你可以證明其中一件事，你已經控告我了。」

「你會失手的，瓦勒。你會失敗，到時候我會給你好看。」他試著讓我動怒。他希望我生氣，他希望我有壓力。我保持臉上是放鬆的微笑，繼續淺淺地呼吸，不釋放訊息，不屏住呼吸，好好輕鬆地繼續呼吸。我絕不能忘記東方人就站在我後面，研究著讀數，等著抓到我撒謊。我想著冷靜的事情。快樂的事情。

「你弄錯了，艾德。」我的肺快脹破了，我想深呼吸，吸進更多氧氣，但我抵抗這股衝動。我看向瑪辛柯，看她樂不樂意透納這樣大肆發表意見。她同情地微笑，我很感激。

「你的電視在哪，瓦勒？」

「我說過了。在朋友那裡。」

他衝向我。「你之前說它送修了。」

我搖搖頭，好像想讓腦袋清晰起來。「這就是我的意思。我朋友那裡的是錄放影機。還有攝影機。」

「你朋友叫什麼名字？」

「我不想把他攪進來。」

「男的？是你男朋友嗎？」

「什麼？」

「你男朋友啊。你是同性戀嗎，瓦勒？」

我直視他的眼睛。我開始討厭這個人了。「幹嘛問，艾德？你喜歡我啊？」他握緊拳頭站起來。我微笑。「隨你便囉，但你不是我的菜。太粗壯啦。」我對他拋個飛吻。

「回答問題。」

「不是，透納警佐。我不是同性戀。你是嗎？」

「我結婚了，瓦勒。我身上沒有一點像同性戀。」

我看著瑪辛柯。「你們的側寫也有這一點嗎？你們在找的殺手應該是同性戀？」

她搖頭。「沒有，馬文。」她抬頭看透納。「我想我們做完了。」

「我還沒。」透納瞪著我說。

「這樣夠了，艾德。」她沉著地說，但他還是繼續盯著我。「搞清楚，瓦勒。從現在開始，我會是你的陰影。你去什麼地方我就去。你會犯錯，等你一犯錯，我就擺平你。」

我微笑點頭。「謝謝你警告我，艾德。我真的很感激。」我們有幾秒鐘繼續盯著對方。最終是瑪辛柯打破沉默，嘆口氣起身。她用手勢示意東方人關掉測謊機。他們晚點會討論測謊結果，要等我先離開。不過我已經知道測試結果會是什麼：無法評斷。

我起身離開，但透納重重拍了我的肩膀，然後把我推回座位。「我們跟你還沒完，瓦勒。」

「我說過我會接受完整的測謊，我已經做完了。」

「我有其他問題要問你。」

東方人收拾完裝備，把機器推出會面室。瑪辛柯點燃一支菸，透過柱狀的煙霧端詳我。「你控制力很好，對嗎，馬文？」她說。

「哪一方面？」

「身體控制。心理控制。你非常……受控。」

「我想是這樣，對。」

「這對你很重要，對吧？控制？」

「紀律。」

「紀律。對。紀律很重要。」她點頭，把菸灰彈到地板上。「你不贊成嗎？」我說。

她聳聳肩，沒回答。

「你都怎麼處理那些屍體，瓦勒？」透納咆哮，冷不防地突襲我。

我揚起一邊眉毛。「你不是該在我連上機器的時候問這個問題嗎，艾德？」

「去他媽的機器。你把那些屍體怎麼了？」

我俯身向前，瞪大眼睛看他。「我把她們切成小塊，埋在州裡各處。」

我像瘋了一樣大笑，我看得出他全都相信了，相信了幾分鐘。「面對現實吧，透納警佐。」我說。「要讓我招供，不是說幾句俐落的俏皮話就行。」

「那要怎樣才行，馬文？」瑪辛柯說。

「也許我該把他打得屁滾尿流。」透納咆哮。

「我好怕喔。」我說。

「你他媽的絕對會。」

我慢慢伸出手，握住瑪辛柯的打火機。我要讓她看看控制權。透納握住我的手腕，指甲陷進我的肉裡。我們盯著對方。「我不希望你抽菸。」他說。

我轉動手臂掙脫掌握，仍然握著打火機。「我不抽菸。」我說。

我把打火機打開，將左手放在火焰上。我盯著透納。他毫不在乎似地笑著。他看向瑪辛柯。瑪辛柯看起來很擔心。他又看向我。我感覺得到熱度，但我將它從我心上隔絕。我是冰。「你可以自焚啊，腦殘的傢伙。」他說。我保持面無表情。我是冰。

我們盯著對方幾秒鐘。我專心在隔絕痛苦的感覺，專心在我鞋裡的釘子，專心在皮肉燒焦以外的任何東西。「你這個王八蛋。」他說。

瑪辛柯站起來，椅腳重重地摩擦地板。「夠了。」她說。

我繼續盯著透納。他的臉冷硬如石。而我是冰。問題就在於：誰會先破裂？

「住手，馬文。」瑪辛柯說。「這不證明任何事。」

我不理她，她轉向透納。「別人會以為這是我們對他做的。」她說。「沒人會相信是他自己這樣做的。」

「誰會鳥這件事？」

「我。」她說。「我鳥這件事。你們的行為跟小孩一樣。」她將雙手放在桌上，俯身向我。「住手。」

我擠出笑容。很痛，但我忍受得住。我是冰。「我要他求我。」我咬牙說。

透納對我冷笑。「你被燒死算了。」

我揚起一邊眉毛。「隨便。」我繼續把手放在火焰裡。我聞得到肉燒焦的味道，這可不是我想像出來的。

瑪辛柯一隻手砰地拍桌，然後面對透納，雙手叉腰。「好，好。」透納說。

「好？怎樣？」我說。我得聽他說出口。我要瑪辛柯知道是誰在控制這個狀況。

「好，你可以停止自焚了。」

我微笑。冰贏了。石頭破裂。我闔上打火機，將它拋到桌上。我的手痛得要命，但很值得。我站起來，對瑪辛柯微笑，然後走出房間。

＊＊＊

你組好三腳架，將攝影機固定好，讓鏡頭對著床。她站在那裡，低著頭，渴望抬頭看你在做什麼，可是知道自己如果抬頭了，接下來就會被懲罰。你檢查螢幕，確定她位在中央，你可以看到她身後的整張床。你不想重複第一次的錯誤：你有兩小時的錄影一片空白，只拍到床尾和一個女人啜泣的聲音。

你覺得排得剛剛好，你滿意地站在三腳架旁邊。「莎拉，」你說。「現在你可以抬頭了。」

她急急抬頭，好像她是一個沒經驗的傀儡師操控的傀儡。她眼睛恐懼地圓睜。她嗾著口水，額頭出現深深的皺紋。

「自製電影。」你解釋。皺紋更深了。她不懂。你說明，眼淚湧進她的眼眶。你給她希望。「我跟你的丈夫談過了，」你溫和地說。「我跟他說你沒事，我很快就會放了你。」她相信這個謊言的熱切感是如此透明，讓你想當著她的面笑出來，但你保持表情不變。有威嚴的表情。

「我可以講話嗎？」她乖乖地說。她現在懂規則了。她學得很快。

「可以。」你說，雖然你已經知道她想問什麼。

「我可以跟他講話嗎？」她聲音顫抖地說。

打電話。她們老是以為自己有資格打電話，好像這裡是看守所什麼的。「說不定可以。」你說。「如果你繼續遵守指示的話。你會遵守指示吧？」

她點頭。太急切。太想討好了。她以為她可以智取你，以為她比我聰明，只需要用虛假的信任感來哄我就行。她不是第一個有這種念頭的，也不會是最後一個。但她們都錯了，沒有哪一個可以智取我，所以我微笑，

挑起眉毛，讚許地點頭。

她向攝影機偏了一下頭。「這是要寄給我丈夫，讓他看我沒事的嗎？」

你可以從她的聲音分辨出來她知道它不是，可是她希望說服你覺得這是個好主意，這樣你就不會做你現在想做的事。你等了一拍，讓她緊緊抓住這根稻草，讓她相信自己讓你改變心意了，然後你搖搖頭。「不是，莎拉。拍這個是我要的。」你伸出手打開錄影的開關。「脫掉衣服。從髮帶開始。」她開始哭，但她照吩咐做。

她抬起發抖的手，解開將頭髮束在腦後的藍色絲帶。她的金髮向前傾洩，一縷分散的髮絲盪到她的左臉頰，就像一道疤痕，被濕潤的淚水黏在原地不動。她看看旁邊，不確定該拿絲帶怎麼辦。「地板。」你說。「全部都扔在地板。」

她讓髮帶從指間滑落，它像水一樣流落到瓷磚上。她的目光向你尋求指示。她不想採取主動，她想一路被告知下一步要做什麼，這樣她就可以告訴自己，這一切都發生在脅迫下。只是在聽令行事而已。你不介意，你在這個階段比較感興趣的是最終的結果。之後，很久以後，她會知道自己一定得做哪件事來獲得你的肯定。這是訓練的一部分，教育的一部分，所以你用微笑獎勵她，叫她脫掉上衣。她開始解上衣的鈕釦，但你制止她，叫她先解開袖口。她稍稍皺眉，然後解開右手的袖口，接著是左手的。

「做得很好。」你說，同時她回來解上衣的鈕釦。

她慢慢動手，想盡可能花越多時間越好，推遲上衣脫掉的那一刻。她沒意識到刺激你的東西是期盼，是期盼讓血液在你耳中轟隆作響，讓汗流下你的背。天啊，如果這件事只是性，你可以在一小時內從頭到尾完事，放把槍抵著她那漂亮的小下巴，讓她立刻按你的希望動作。藉由延長了無法避免的事，她讓整件事令人享受太多了。

她摺好上衣，將它放在床上。「不對。」你說。「地板。」你晚點想用床，如果你得先把衣服從床上移開，那會毀了美好的一刻。她拿起上衣，彎腰將它放在絲帶上。她移動時，乳房向前盪，讓你可以俯視她的乳溝。她瞥了一眼，看你有沒有在看，然後發現你在看時就迅速轉開目光。這是

絕妙的瞬間，好像你逮住她不經意的時刻，好像你在她家車道上第一次看見她在跟小孩玩的樣子。你感覺得到膀胱緊縮，強大的期盼讓身體顫抖，你透不過氣。

她直起身來。她不哭了，眼神帶有一種傲慢。你知道她心裡在想什麼。她知道自己的身體對男人們有什麼影響，她也希望對你會有一樣的影響。她以前在男人們的面前脫光過，她知道自己把他們帶到床上後，她永遠都是贏家。她以為自己有本事對你做一樣的事，藉著做你想要的事來贏得自己的自由，方法就跟她獲取人生中想要的其他事一樣。她看著你眼裡深處，雙手伸向胸罩的鈕環。她想看你會有什麼反應，心知她一將乳房從胸罩的束縛中放開，你的目光就會立刻落到她的乳房上。你有一部分想立刻讓她的希望受挫，跟她說她離開這間地下室的方法只有一個。你忍住衝動。

「先脫裙子。」你說。她得知道控制權在誰身上，是誰負責發號施令。她解開裙子，讓它滑下雙腿，落到地板上。她踏開裙子，但你用手勢示意她回去，讓她保持在螢幕的中央。她的高跟鞋陷在衣服中，她有一瞬間失去平衡，一隻手放在床上來穩住身體。「放輕鬆。」你說。「你做得沒問題。」眼神裡的傲慢消失了，你拿回控制權。

你上下打量她的身體，她緊張地舔舔嘴唇。高跟鞋和黑絲襪讓她的腿看起來不可思議地又長又細，肚子結實平坦，乳房堅挺勻稱。

她又睜大眼睛尋求指示了。你口乾舌燥，吞著口水。你聽得見自己的呼吸，你壓低呼吸的聲音。「內褲。」你說。

她的雙手緩慢伸向臀部，大姆指滑進白色的布料中。她有片刻站著不動，好像你可能會改變心意似地，但接著她俯身將內褲脫到膝蓋。棉花摩擦絲襪發出嘶嘶聲。她雙腿間那叢暗金色的毛髮是一塊磁石，你允許自己的目光受它吸引。那裡的肌膚看起來如此柔軟豐潤，你想咬它，用牙齒扯開它、撕裂它，你得阻止自己上前把她扔到床上。她抬起左腿，將棉質內褲滑到高跟鞋上，然後換原本站在地上的另一隻腳。她鬆開內褲直起身，內褲落到她的腳踝邊。她擺動右腿，抬起腳來，好讓內褲落到地上。接著

她站直，雙手放在一起，蓋住胯下。「手保持在身體兩側。」你說，她勉強地讓雙手滑開，像不情願分開的老朋友。她的雙手緊握成拳，然後又鬆開，手掌平貼臀部。她大腿與腹部的肌膚在燈光下閃耀，絲襪的黑更襯托出膚色的潔白。

「稍微把腿分開地站著。」你說。持續給她命令是很重要的，這樣主動權才會保持在你手裡。她穿著高跟鞋挪動身體，將腿距拉開，這讓你能看清楚她的胯下。她那裡的毛髮少得意外，跟頭髮比起是較暗沉的金色。你在想她是不是會為丈夫剃毛，如果她丈夫喜歡她的私處有赤裸光滑感的話。這個想法吸引了你，你心裡記下要買除毛乳霜跟拋棄式刀片。以後等她接近訓練的尾聲時，你就讓她為你除毛。

「現在可以解開胸罩了。」你說。

她用右手將那一縷散開的髮絲從臉龐撥開，然後搖搖頭讓它落回耳後。你的目光轉向左方，確認錄影功能正確地錄製了這一切，讓自己放下心來，然後再轉回來看她。她已經解開胸罩的鉤環，聳肩讓它在肩膀上落下。她將胸罩的帶子脫下時，乳房往下晃盪，她將胸罩拋在地板上時，乳房自在地搖擺著。

她將雙手放回身側，打直脊椎，雙肩向後壓，好讓乳房表現出她的最佳優勢，你可以看見傲慢又回到她的眼神中。她知道自己身體擁有的力量，也知道如何使用。你得迅速證明她的力量對你沒用。「轉過身去。」你說。她照做。你端詳她背脊的椎間圓盤，隆起的臀部，以及長長的、長長的腿。她轉過頭來看，但你制止她，叫她繼續看著牆。她有寬闊的肩膀和細瘦的腰，真正沙漏般的身材。「彎下腰去，雙手放在床上。」你說。她遵守指示時，動作拉緊了臀部和大腿的肌肉，讓她的腿看起來比原本還細長。「做得很好，」你說。「很完美。」

你繞過三腳架，站在她旁邊，她的臀部離你只有幾寸的距離。

「拜託。」她說。「拜託不要傷害我。」

你伸出一隻手，指尖愛憐地觸摸她的大腿內側。她嗚咽起來，像受驚的小孩。「噢，莎拉，我不會傷害你。」你說，同時將手指滑向那柔軟的暗金色毛髮。傷害的時候還沒到。「把腿分開，」你說。她順從了。「再開。」

* * *

我寫《退房》遇上了困難。我沒法將作品的拍子弄對，故事中間有一個枯燥無味之處，什麼事情都沒發生。人物們都很棒，麥特戴蒙要演的二十一點莊家既犀利又幽默，他的前妻有幾句很厲害的台詞，但劇情線就是合不在一起，我越是強迫去弄，問題就變得越難。

我決定從中抽身出來，休息一下，想想別的事情。我開始繞著屋內踱步，大約一小時內，我已經有了一個超棒的構想。我其實是先想到片名：《大廢物》。這個故事在講湯姆和雪莉這對快樂的夫妻，他們有兩個小孩，在郊外有個舒服的家。他們徹底美式的生活只有一個隱患，那就是雪莉極度過胖。湯姆和孩子們永遠在嘮叨要她減肥，但她很樂於自己的現狀。最後他們勸她加入「體重監測者」，不到幾個月，她就變成這一帶最苗條的人。身材勻稱、美麗，也有了新的自信，在談話節目露面，登上各家報章雜誌。她的魅力和智慧讓她有了新的職業，陪著湯姆和孩子們的時間就變少了。過沒多久，他們就意識到自己正在失去她。為了贏回她，湯姆把她關在地下室，強迫她進食，直到她回復舊有的體重、舊有的自我，從此一家人就過著幸福快樂的生活。

這是一部黑色喜劇，諷刺美國郊區生活，只要交給正確的導演，我想它會大紅。它有一股黑暗的感覺，尖銳的威嚇感，就像《暢銷作品》那樣。這提醒了我：我還沒收到布萊恩狄帕瑪的回音，另外我寄上《暢銷作品》大綱的其他執行長也是。瑪辛柯和透納之前問起我寄給狄帕瑪的信，但我從來沒問他是把信給他們了，還是信被門房攔截。他們沒提到稿子，所以說不定他正在看。我想知道該寄《大廢物》的構想給他，或者讓他先思考《暢銷作品》比較好。我決定等，但我會寄新的構想給洛杉磯幾個出色的製片。

我在打字機前坐下，但我甚至還沒能送紙進去，門鈴就響了。我雙手抱頭。「不，不要又來了。」我抱怨，因為我知道來的是他們，他們又回來煩我了。門鈴再次響起，這次響很久，好像門鈴一直被壓住。它響了又響，我知道他們不會離開。我拖著腳步去門口開門。

「午安，馬文。」瑪辛柯說。

「哈囉，莉莎，真讓人驚喜啊。」透納站在她身後，嘴巴閉得死緊。

「我們可以進去嗎？」她問。

我思考再來一次老掉牙的「你們有搜索狀嗎」的程序，但我不能被打擾。我累了。我沒回答，只是大大將門打開，回到我的椅子上。只要我沒口頭表示同意，我說的任何話都不能被法庭採用。

透納關上門，靠著它。我有種預感，他們決定了完全讓瑪辛柯來負責說話。這決定我無所謂，因為透納總是會相當嚴重地惹到我。

「我看到你的電視機回來了。」她說。

「對。」

「所以修好了？」

「當然。」

她若有所思地點點頭，我在想她會不會要收據。「所以你又在注意這個案子了？」

「我會看新聞，對。我知道她還在失蹤。」

「莎拉霍爾？」

「不然是誰？你覺得她死了嗎？」

「完全不知道。我們還沒找到過任何受害者，記得吧？」

「對，我忘了。」我把頭髮從眼前甩開。「所以你哪知道她們死了。你只知道她們失蹤了吧？」

「我們知道她們死了，馬文。我們知道她們死了，而且被分屍了。」

我皺眉。「電視沒報這個。」

「我們壓下了一些細節。」

「可是如果還沒找到過屍體，怎麼會……」我忽然意會過來，坐進椅子裡。「我懂了。他拍下了謀殺。也拍下了分屍。哇！」

「哇？」透納複述。「你很佩服是吧？」

「這是超棒的電影題材。其實……」我意識到自己就要把《暢銷作品》的故事告訴他們了，可是在這個情況下，說出來可能不是很聰明。「反正你們想幹嘛？是有關測謊的事嗎？」

「我們只是想聊聊，馬文。就這樣。」

「測謊呢？得到結果了嗎？」

「熊谷博士還在研究結果。」她說。

「有什麼問題嗎？」

「沒有，我想沒有。」

我從她的表情看得出來，他們根本沒打算在測謊結果裡找到什麼，我強迫自己保持嚴肅的表情。我敢打賭那件事一定讓他們非常失望，我打賭熊谷先生被透納狠狠地數落了一頓。「那你們為什麼過來？」

「我們一直在調查你的背景，其中跳出了幾個問題。」

「真的嗎？」顯然我一直期待著這件事。我現在是他們的頭號嫌犯，他們會繼續探查，直到把我起訴，或是澄清我的嫌疑。「你們在講哪個部分？」

透納走到電視機旁，跪下來檢查。這是全新的索尼LED電視。瑪辛柯站在廚房門邊。她顯然比較想坐下，但我坐在唯一的椅子上。「是關於側寫的事，馬文。聯邦調查局給我們的那分側寫。」

「單身、白人、好看的男性、對電影有興趣？對，我記得。」

「嗯，我們越查你的背景，就發現越多相同處。」

我坐進椅子，指尖戳著下巴。「我在專心聽。」我說。

「側寫指出的其中一件事，是殺手來自機能失調的家庭。」

「機能失調？」

「很有可能他的家沒有爸爸的形象，不管是因為死亡或離婚。他的媽媽可能性格孱弱，或許是因為酗酒。」

「噢，拜託，證據絕對不可能提到這件事。」

「側寫的根據是世界各地幾百個被定罪的殺手的訪談彙整結果。」她說。「昆迪克的夥伴通常很準確。」她停頓片刻。「跟我聊聊你爸，馬文。」

「如果你一直在搜查，你已經知道所有事了。」

她僵硬地微笑。「我只知道檔案裡的事。」

我輕輕嘆息。「他是電影製片。我九歲的時候，他就走了。」

「走？你是說他拋棄你跟你媽嗎？」

「對。」透納打直身體，昂然看著我。

「他走了之後，你有見過他嗎？」瑪辛柯問。

「一兩次。」

「你以前氣他離開嗎？」

我聳聳肩。「說不定。那是很久以前的事了。」

「你佩服爸爸嗎？」

「佩服？沒有，我不覺得。」

「為什麼？」透納說，第一次開口。「他是一個真正的作家。六部電影，不是當導演就做編劇。五次奧斯卡提名。一次得獎。四個老婆。很精采的一生啊。」

瑪辛柯研究著我的表情。「你們沒有聯絡，對不對？」

「我爸……很麻煩。」

「麻煩？」

「對，麻煩。」

「他怎麼死的？」

我沒法相信她還不知道答案，但我還是回答了。「心臟病。他有心臟方面的病史。」

「那是什麼時候的事？」

「我十五歲的時候。」

「他過世的時候，你在旁邊嗎？」

「當然沒有。」

她的眼神冷硬起來，我知道我們即將來到問題的核心。「但你母親過世的時候，你跟她在一起對不對？」

「對。」

透納嗤之以鼻。「有點不幸是吧？」

瑪辛柯瞪他，他用食指把鼻樑上的眼鏡往上推些。

「她是自殺的，對不對？」瑪辛柯問。她的聲音溫和輕柔，好像不想讓我不開心。

「沒錯。」

「九歲孩子應該很難面對這件事。」

「我那時候十歲。」

她把頭偏向一邊。「檔案說九歲。」

「是啊，不是所有讀到的東西都真的可以相信。」

「她用什麼方式，馬文？她怎麼自殺的？」

「跟羅馬人一樣。熱水浴。利器。」

「是你發現屍體的嗎？」我搖頭。「不是。」

「但檔案說……」

我打斷她的話。「我當時在場。」

「你是說，她動手的時候你在場？」

我點頭。她有點悲傷起來，好像不想問問題了。「我不想繼續聽這方面的問題了，莉莎。」

「可是……」

「我想結束了。」

「為什麼，瓦勒？」透納提高音量說。「你在試著掩蓋什麼？」

「我沒在掩蓋任何事。」

「鬼扯。側寫跟你吻合，瓦勒。對你來說，他媽的像手套一樣合身。」

我對他微笑。「我不是O.J.[9]。我也不戴手套。」我抬頭看瑪辛柯。

「如果你沒有什麼事要藏，馬文，跟我們談就沒什麼好損失。」她說。

「別想跟我玩心理遊戲，莉莎。」

「什麼意思？」

「你知道我的意思。你想鑽進我腦袋裡。我現在告訴你，別費心了。我被國內幾個身價最高的精神病專家研究過。」

「然後呢？」

「如果他們都沒法鑽進我腦袋裡，我天殺的確定你也辦不到。」

「走著瞧。」透納說。

「他們的看法是什麼？」瑪辛柯問。

「精神病專家嗎？」我聳聳肩。「好壞不一囉。」

「他們沒你這麼聰明對吧？」

我為她無力的巴結而微笑。「對，莉莎。」

「沒人跟你一樣聰明是吧？」透納咆哮。「你這麼犀利，應該要把自

9 O.J.，指O.J.辛普森（Orenthal James Simpson），一九九五年被指控殺害前妻及其友人。

已喉嚨割斷才對啊。」

麗莎走到咖啡桌旁，坐在桌邊，雙腿靠在一起。這讓她的頭離我的頭只有幾寸距離。她近到我聞得到她的香水味，她的氣息裡有微弱的菸味。

「你不可能好過的，馬文。你失去了你媽。你爸再婚好幾次。加上他的職業生涯。處處都顯示他不是盡職的爸爸。」

「不要。」我低聲說。

「不要什麼？」

「不要試著鑽進我的腦袋。那裡不是友善的地方，不是給你這種可愛的小妞進來的。那是黑暗的地方。恐怖的地方。你不會喜歡的。」我的聲音轉低，她得俯身聽我說話，像教士聽人告解。「你最好待在外面，行嗎？」

她似乎是關心地看著我。就像她是我的朋友一樣。「她為什麼要在你在附近時做這件事？」

「什麼意思？」

「我想一個媽媽如果計畫自殺的話，不會想要兒子在方圓一百萬哩內。」

「你不瞭解我媽。」

「你是說她想要你看見她自殺？她想要你看著？」

「她是一個演員。這是她最後一場表演。換作其他人都會阻止她。」

「你為什麼沒阻止？」

「我不知道。我那時候只是孩子。」

「十歲沒那麼小了。」她說。「你一定知道她在做什麼。」

「可能。」

透納用手背揉著鼻子。「說不定你希望她自殺。」

瑪辛柯抿著雙唇，眼神變嚴厲。她瞪著透納，他走到壁櫥的入口站著。「那件事不是在求救，莉莎，」我說。「她當時知道自己正在失去我爸。她不想要孤伶伶的。」

「但這不能說明她希望你在場的原因。」

「她想傷害他，而她唯一可以傷害他的方法——就是讓我反抗他。她的遺言是『是你爸逼我這樣做的』。這是她最後的台詞。然後就黑畫面。」

瑪辛柯嚥下口水。「我很遺憾。」

我聳肩。「那是她的選擇。」

她對我淡淡一笑，慢慢伸出一隻手放在我膝蓋上。這次沒有火花了。「你知道嗎，瑪辛柯警探，」我說。「你有時會讓我想起我媽。」她像被燒到一樣收回手。

「真幽默，馬文。」她一邊說一邊起身。

「側寫裡有母親自殺這件事，是嗎？我媽自殺了，所以我變成你要找的連環殺手了，是嗎？」

「說不定。」她說。她拿了一包菸出來。「我可以抽菸嗎？」她問。

「請便。如果你想聞起來像菸灰缸，那是你的事。」她點菸，然後將剩下的菸和拋棄式的打火機放在咖啡桌上，就放在打字機旁。

透納上前，雙手毫不拘束地在身側搖擺。「你跟祕書過不去的事，是

打哪來的？」他問。

「我已經跟你們說過了。」

「不只那樣，你也知道不只那樣。」

「我不確定你在講什麼，艾德。」

「你完全知道我的意思，瓦勒。你恨祕書有非常好的理由吧？」我什麼都沒說。這樣似乎甚至讓他更火大了。「你拒絕回答嗎，瓦勒？」

「沒有，我沒拒絕，可是這不是一個真正的問題啊。」

「你爸是為了他的祕書而拋棄你媽，對不對？」

我感到自己的眼睛不知不覺瞇起來了。「我不確定那兩件事有沒有關聯。」

「你爸拋棄你媽，好跟他的祕書同居。而你媽就自殺了。這就是你恨祕書的理由，對不對？」

「走開。」我平靜地說。

「我不會走開，除非你告訴我直接的答案。」

「我警告你。」

透納捲起上唇。「是嗎？那你要怎樣，瓦勒？你要像殺那些女人一樣殺了我嗎？」

「你會後悔的，艾德。」

「就這樣？你的本事就只有這樣？我在發抖啊，瓦勒。我好怕啊，我覺得我尿褲子了。」

我緩慢地點頭。「好，艾德。你想玩遊戲？」

「這不是遊戲，瓦勒。這是來真的。」

我微笑，盯著他的眼睛。「是你要求的。」就這樣，我只有說這句話，因為我很久以前就知道，威脅人毫無意義。你要嘛就出手，不然就只能這樣。

「動手吧，瓦勒。」他說，眼神跟鵝卵石一樣堅硬。「越過界，我就把你打得半死不活。」

「你嚇不了我，艾德。」我說。我走到門邊，為他們打開門。

「馬文。」瑪辛柯出去的時候說。「不要做任何傻事。」她看起來好像想說其他話，但只搖了搖頭，然後就離開了。

＊＊＊

你拿著一杯咖啡坐下，按了遙控器上的播放鍵。你安坐在沙發上，將腳翹在咖啡桌上，一邊看莎拉霍爾自慰。她的眼神有一種巴結感，說著她會做你要求的任何事。你去過一次動物保護協會的狗狗之家，在流浪狗的眼中看過一樣的神情：那些被鞭打過、餓壞過、毆打過的狗，仍然抱著一種希望，覺得自己如果巴結得夠了，就會被好好對待。動物王國就是這樣運作的：追求卓越的奮鬥結束於戰鬥者的其中一方展現出屈從來。野狗和狼用牙齒和爪子來戰鬥，但一旦其中一方放棄，戰鬥就結束了。結果有贏家和輸家，兩方某天還會再戰。可是人類就不一樣了。除非輸家死了，不然人類不會感到安全。

地下室

你在狗狗之家選了一隻畢格爾獵犬，或至少是畢格爾獵犬跟其他狗的混種。你選牠是因為牠看你的方式，眼神意志消沉又恐懼，尾巴微微搖擺，肩膀帶著一種預感，顯示任何忽然的動作都會讓牠退縮。這隻狗沒有名字，你也沒有費心幫牠取。你沒計畫要養牠養很久。不過你從那隻狗身上學到很多肢解的學問。

在大螢幕的電視上，莎拉正向床俯身，雙腿分開，右手放在大腿間，輕輕觸摸並愛撫自己，照你的吩咐將重心在左右腿之間轉換。你看得到她的皮膚閃耀著汗水的光澤，好像一隻練完跑的賽馬。你一邊看，一邊解開褲子，將手滑進去。自慰的感覺很好，但完全及不上莎拉撫摸你的時候。你凝視電視螢幕。她挪動身體，爬到床上，仰躺下來，撫摸自己的乳房與呻吟，接著雙手慢慢上下游走在身體上。她的眼睛閉著，表情如痛苦似地緊繃。她得改變這一點，你要她看起來像很享受這件事，好像自慰對她而言，比其他事情都棒，比任何男人辦得到的都棒。不過目前還是很不錯，這是無庸置疑的。莎拉學得很快。

你決定下樓去，去跟她玩一下，但你從偷窺孔看進去時，你暴怒了。你敲了門的密碼，把門甩開。她往後退了一步，知道要發生什麼事了。她開始哀求，但你還是用力揍了她的臉，甩她巴掌，以免弄得皮開肉綻。巴掌聲迴盪在地下室，然後你繼續甩她耳光。她試著舉起手來擋住攻擊，所以你用膝蓋撞她的肚子。她從喉嚨咳出氣來，彎下腰喘得透不過氣。你抓住她的頭髮，將她的頭往後扯，她的臉就朝上仰。眼淚流落她的兩頰。你用另外一隻手捏住她的喉嚨，指甲陷進她的氣管。你將臉湊近她的臉，近到你都可以感覺到她溫暖的呼吸撲上你的臉頰。「再也不准嘗試做這件事，莎拉。聽懂沒？」

她恐懼地點頭。你放開她的頭髮，她向前倒去，雙手跟膝蓋著地，像隻生病的貓一樣乾嘔。你站在她旁邊搖頭。「你之前做得這麼好，莎拉。你進步了那麼多。」你踢她的腹側，注意不弄斷她的肋骨。

喘息變成啜泣。她蹲了起來，雙手掩住臉。「我跟你說過不要接近門，不是嗎？」她點頭。「那你做了什麼？」你透過偷窺孔看去時，她正想來碰鍵盤，那是徒勞的嘗試，因為門的外面有個跨越電門，讓你不在室內跟她在一起時，門內的鍵盤就起不了作用。可是這不是重點。重點是她不服從你，而你忍受不了這件事。她得沒有異議地服從你。她得迎合。任何不服從的跡象都必須被狠狠滅絕。

「莎拉，把你的手從臉移開。」她照吩咐做。她穿著紅色的絲袍，你看得出來底下她什麼都沒穿。在別的情況下，你會受誘惑，想跟她玩，但首先她得瞭解自己行為中的錯誤。「把手放在背後。」

「拜託不要……」她開始說，但你伸出一根手指警告她。她的話停在一半，緩緩將手伸到背後。她弓起背來，這動作讓她的乳房向前盪。她舔舔嘴唇，你意識到她正在利用性慾讓你分心。你微笑，輕輕撫摸她的臉側。她的臉因為耳光而變紅，可是不會造成瘀青。你很小心不把她弄瘀青。

「你得接受懲罰，莎拉。我不想這樣做，但我一定得做。你瞭解這一點吧，對嗎？」她慢慢點頭。「你得學會服從我。」

「對不起。」她低聲說。

「但道歉也沒有用。」

「我不會再犯了。」

你微笑。「噢，這個我知道。」你把電擊棒從口袋拿出來。她本能地轉過頭去，但你再次抓住她的頭髮，逼她看著劈啪爆裂的電流。她的胸部起伏不定，睜大眼睛盯著電擊棒。

「請不要傷害我……」你反手一巴掌打斷她的話，她倒在地板上，袍子往上滑開，積在腰部。你用電擊棒碰她小腿柔軟的白色肌膚，按下開關。她尖叫，身體痙攣起來。「沒事，沒事。」她痛苦地翻滾時，你安撫地說。「很快就會結束了。」

＊　＊　＊

一股冷冽的風吹經紐約，哥倫比亞廣播公司的晨間新聞，報導在本週末以前，有百分之七十的機會下雪。我穿著厚厚的羊毛大衣，繫著腰帶，雙手深深插在口袋裡。我在公園裡，因為我需要呼吸一下新鮮空氣。我待在公寓裡三天了，走個不停。我心裡有很多想法。我想個人報復透納，我寫《退房》還沒有任何進展，我決定《大廢物》不值得繼續執行。人物就是不夠讓人有共鳴，我完全沒法把他們改好。

我想問題在於我寫驚悚片寫得比喜劇好。我在公寓踱步，試著為《退房》想出一個雷霆萬鈞的結尾時，忽然靈機一動。我去年看過一部關於催眠回歸（hypnotic regression）的紀錄片，讓我非常印象深刻，草草寫了一些筆記。我翻床底的公事包，找到這些筆記。我繞著房內一邊走，一邊將筆記從頭到尾讀過。這個構想像冷水一樣沖淋我。

一堂心理學課程的學生們在學習催眠。一個講師拿一名老人作回溯前世的示範對象，將他帶回身為羅馬士兵的前世。大部分學生都非常著迷，但一個女生很肯定在催眠中回溯前世徹底是一個騙局。她和男朋友爭論，她男朋友也是心理學的學生，最後他們打了一個賭。講師第二次示範這個

技巧時，那個女生就志願參加。讓每個人意外的是：她是完美的受催眠者，很快就陷入昏迷狀態。她變成一個中年女性的角色，已婚且有小孩。一開始是一般生活樣貌，但後來出現一個不祥的轉折——那女人被謀殺。那個女生劇烈顫抖地離開昏迷狀態，但什麼都不記得。她和她男朋友決定盡可能找出關於那女人的事，但尋找她的身分卻徒勞無功。他們說服講師再催眠她一次，他同意之後，他們發現沒法追查那女人的原因了——她完全不是這個女生的前世，而是僅僅在十五年前被殺死的人。這名學生從自己的過去而非前世想起一些事，記憶變得越來越濃烈，不過她就是想不起殺手的長相。觀眾逐漸發現，那件謀殺案發生在這個女生還非常小的時候，她看見爸爸殺了媽媽，但接著她就這件事從心上抹去。她爸爸發現出了什麼事以後，意識到自己必須殺掉女兒來藏好自己的祕密。我穿上大衣要出門時想到了片名：《殘缺的往昔》。

我走到「草莓園」。這裡是我在中央公園裡最喜歡的地方，不過有時候會遊蕩著一些怪人。那種人覺得約翰藍儂沒有真的死，他在克利夫蘭跟貓王一起賣漢堡。真是瘋子。今天沒有別人，所以我站在那裡幾分鐘，抬頭看著達科塔大廈，想著洋子是不是在裡面，一個個房間挨次徘徊，想著她的丈夫。

我從一百碼外就認出瑪辛柯了，就算她穿著厚重的外套、脖子圍了圍巾，我也認得。她單獨一個人，戴著手套，拿著一個牛皮紙袋，往我的方向走來。附近沒有透納在的跡象，我納悶她一個人出來做什麼，我們同時來中央公園是否是巧合。我看著她朝我走來。她微笑及對我稍稍揮手的樣子，看起來幾乎就像我們約好了要見面，兩個朋友聚在一起散個步，也許是吃頓飯或看電影。「嗨，莉莎。」她走近時，我說。

「馬文，今天好嗎？」她說。「很好。」

她站在我旁邊，抬頭看著那棟大廈。「她在裡面嗎？」她問。「這個問題有陰謀嗎？」

她笑出來，我有一瞬間忘了她是警察。「不，馬文，這只是聊天。你想散步嗎？」

「沒問題。」我說，我們轉身背對達科塔大廈，走進公園。兩個穿著貼身萊卡服裝的金髮女孩，滑著直排輪從我們旁邊呼嘯而過，酷到都不會冷了。一個老嫗牽著兩隻非常大的杜賓犬走過。其中一隻聞聞我的腿。

「這是一般交際嗎，莉莎？」我問。

「我看見你的時候，正要去你家。」她說。

我歪著頭看她。我想不出她的管區到我家之間，有哪條路會經過中央公園。更何況警探會有車。「你一個人？」

「透納在病假中。」

「是嗎？」我從她的聲音聽得出她在撒謊。「他怎麼了？」

「噢，我想是流感。」

是喔，這樣喔。莉莎瑪辛柯撒謊的本事，顯然沒有她自以為的一半好。「喔，那希望病況不嚴重。你覺得我應該送花給他嗎？」

她輕輕地笑了。「不，馬文，我不覺得你該送。」

「對，你可能是對的。」我們沉默地走了一陣子。

「信封裡是什麼，莉莎？」她拿信拍著腿已經有五十碼了。

「是你寄給布萊恩狄帕瑪的劇本。《暢銷作品》。」

「是嗎？你覺得如何？」

「很有趣。」

「所以你才過來嗎，莉莎？因為《暢銷作品》？」

「其實很不好，馬文。」

「這只是大綱，莉莎。完成後的劇本會好很多，它會……」

「不。」她打斷我，滔滔不絕地說了起來。「你沒聽懂，馬文。」她拿起信封，幾乎是湊上我的臉。「你覺得這看起來像什麼？」

「一個A4的信封。」我說，對她天真一笑，但現在她不笑了。「這是某種玩笑嗎？」她問。

「不是，當然不是。」

「你真的覺得有哪個人會買它嗎？」

「當然。這是驚悚片。」

「它很恐怖，馬文。這個故事在講一個渴望得到媒體關注的連環殺手。一個以為自己聰明到不會被抓的殺手。一個肢解眾多受害者的殺手。」

「一個受害者。」我糾正她。「他只殺了一個女人。」

「好，但你看得出來我在說什麼事。」

「我不確定我看得出來，莉莎。如果我是你在找的殺手，你覺得我會蠢到這樣把自己供出來？我可以問你一件事嗎？」

「當然。」

「你從哪拿到它的？」

她猶豫了，好像覺得自己可能不該告訴我，但接著她對自己點點頭，好像決定說出來無所謂。「你把它寄給好萊塢的幾個片廠執行長，其中一個注意到我們找連環殺手的報導，覺得應該把它交給我們。」

「所以不是從狄帕瑪那邊來的？」

「不。不是，不是那來的。」

很好，因為這代表我仍然有一點機會。如果他把它交給警察的話，我一定會非常沮喪。至少現在我知道信還在他手上。「莉莎，我想問你別的事。」

她停下腳步，轉身看我。風吹著她的頭髮，讓它們飄向一側。「我是警察，馬文。應該是由我來問問題才對。」

「而我是作家，」我說。「我想知道你到底認不認為我就是那個殺手。」

「什麼？」她驚訝地說。

「我想知道，在你的內心深處，到底認不認為我就是那個連環殺手。」

她睜大眼睛，嘴巴張開。「你以為這個調查是在做什麼，馬文？你覺得我會這樣浪費時間嗎？」

「我想透納很確定我有罪。而你也許是因為承受了要了結這個案子的壓力。」

「所以我們就找誰都好，你是這樣想的嗎？」

「我知道我沒殺過任何人，莉莎。我知道我沒做這件事。所以如果你和透納堅持我有，你的行為就不合邏輯了。你們倆都不是瘋子，所以一定還有其他的動機。」

「那樣做沒有意義，而且你知道那是沒有意義的。假設我們真的逮捕了錯的人，而且他就去坐牢了的話。之後真的殺手又出手的話怎麼辦？電視台又收到錄影的話呢？」

「你們就會說那是在模仿。」

她搖搖頭，發出咂嘴的聲音，用舌頭彈了一下上顎。「我們又回到原點了。不會，我們會抓到正確的人，馬文。弄錯人我們承擔不起。」

我直視她深邃的藍眼睛。「莉莎，我不是你在找的人。」她看著我，額頭微微地皺起來。「你相信我嗎？」

她看著我幾秒鐘。最終她點點頭。「我相信你，馬文。」她低聲說。

我微笑，因為我看得出她是認真的。我想上前抱住她，但我想那樣做可不聰明。更何況透納可能在附近，用長鏡頭看著我發現莉莎孤單一人會作何反應。這可能是一個詭計，是透納的變態計畫，想要我卸下心防。

「謝了，莉莎。」我說。「那我覺得好一點了。」她將信交給我，開始繼續向前走。我跟過去，趕上她。「我該拿這個怎麼辦？」我問。

她聳肩。「看你。這是你的物品。」

「它不是證據嗎？」

「你說呢。」她在寒風中縮起肩膀。

「不是。這不是證據。莉莎，到底發生了什麼事？」

她回答的時候沒看我。「沒發生什麼事，馬文。我只是想把劇本還給你。還有……」

「還有？」

「我不知道。」

聽起來不對勁。莉莎瑪辛柯不是什麼為情所困的學校女生，她是堅強的重案組探員，雖然我一有機會就對她天真一笑，但我可沒蠢到相信她真的愛上我。有別的事情，我他媽的確定那件事一定跟艾德透納警佐有關。

「你常常到這裡來嗎？」她問。

「這裡是思考的好地方。」

「晚上很危險。」

「地方不危險。危險的是人。你知道。」

她淡淡地笑。「你呢，馬文？你危險嗎？」

我想了幾秒鐘才回答。「只有被激怒的時候。」

「是嗎？」

「對。攻擊不是我的天性，我不想故意傷害任何人。我對別人的感受沒有強到會做這種事。大家影響不了我，所以我甚至不會去想其他人的事。別人不在我的宇宙裡。可是如果有人威脅我，我會保護自己。我會反擊。」

她點頭，但還是沒看我。「艾德很肯定你有罪。」她說。

「他錯了。而且你知道他錯了。」

「他在指揮這項調查。」

「所以在他確信事情不是這樣之前，壓力會一直持續，你要說的是這件事嗎？」

「或是要等到真正的兇手被捕。」

我憤怒地嘆息。「可是如果透納花時間在追捕我，殺手就不會被逮到。你為什麼不能讓他放過我？」

「這種事就是這樣，馬文。」她看看錶。我意識到有事情不對勁。有事非常不對勁。

「喔，那謝謝你拿它來。」我舉起信封說。「改天見囉。」

她的眼神明顯帶著驚惶，幾乎快要伸手直接抓住我的袖子。「跟我散一下步好嗎，馬文？」

「我想不行。」我說，聲音變冷硬。我煩的不是她企圖要我，而是因為她以為自己比我聰明多了。她以為我就跟她在街上攔停的其他敗類一樣。喔，莉莎瑪辛柯錯了。完全錯了。「我有工作要做。」

「我有一些問題想問你。」她說。她的眼睛不自覺地往某個方向瞥了

一下，那裡有我住的公寓。

「拿搜索狀來，瑪辛柯警探。」我轉身背對她往家裡走去。我非常憤怒，憤怒她是如此低估我的智商。她喊我的名字，一次而已，但我沒回頭。我不用回頭就知道她在拿手機。要警告透納。

雖然很冷，我回到公寓時卻在冒汗。家裡被毀了。完全被毀了。打字機被扔到牆上、被踩，我正在寫的作品都被撕爛扔進馬桶，床被弄翻，床單被扯裂，我的所有衣服都被踩過。透納做得很徹底。我希望他是自豪的。還有瑪辛柯也是。她讓我一直跟她講話，好讓搭檔把我的生活撕碎。

扶手椅側倒在一邊，我把它立好，坐了下來，身上依然穿著大衣。我坐了也許半個小時左右，計畫自己要做什麼，然後我下樓查看信箱。裡面有兩封信，都來自紐約州汽車監理所，回覆我提出關於透納的問題。兩封信都給我五個不同的艾德透納名下詳細資料，我拿回樓上去讀。

其中一封信也回覆了我對駕照資料的申請。每一張單子都詳細描述對方的身高、體重、頭髮顏色、眼睛顏色，以及是否有戴眼鏡。只有兩個透納有戴眼鏡，其中一個是藍色眼睛，所以我很肯定我知道哪一個是重案組探員。生日標明在每一張單子上，對方的地址和社會安全號碼也一樣。所以現在我知道透納住在哪裡了。另一封信詳載了紐約州這五個艾德透納名下擁有的車輛，我拿出吻合探員的那一張。他只有一台車，一台五年的克萊斯勒。其實根據所載，他是車主之一。紙上有另一個名字。杰里莎。他老婆。我微笑讀了那兩張單子。這件事一定會變得非常有意思。

＊＊＊

你關上身後的門時，莎拉站在床邊，眼神避向一旁。她穿著你買給她的內衣、絲襪、吊襪帶，黑色蕾絲胸罩，黑色絲質家居袍。她化了妝，跟你吩咐她的一樣，唇膏的紅比她平常用的亮一點，睫毛因為塗了睫毛膏而濃密。地獄來的蕩婦。「完美。」你說。「真是完美。」

她什麼也沒說。她的呼吸粗重，你感覺得到她在恐懼。你站在她面

前，輕輕撫摸她的臉龐。你將大姆指滑進她的雙唇間，伸進她溫暖潮濕的嘴裡。不用要求，她就像嬰兒喝奶似地輕輕吸吮起來，眼神避開。你將大姆指伸進伸出，緩慢、憑感覺地動作，感覺到她的舌頭沿著你大拇指的邊緣滑進。你用另一隻手撫摸她的胸部，往下摸到她的腹部，然後是兩腿間。「睜開眼睛。」你說。「看著我。」

她順從了。你微笑地看著她吸吮你的大姆指。她的牙齒輕輕搔著你的皮膚，和柔軟的舌頭成對比。堅硬與柔軟。你喜歡這樣。你喜歡這個意象。嚙咬的牙齒，親吻的雙唇。而莎拉現在被訓練得很好了。她不會咬下去。她被訓練的目的是讓人享樂。她會做你要求的任何事。

「你一直都是乖女孩，莎拉。」你說。她繼續吸吮，目光一直沒離開你的臉。你輕輕將大姆指從她的雙唇間抽開。她的身體向前傾，嘴巴張開著，好像想再含住它。你搖搖頭，將扣鎖的鑰匙從口袋拿出來。她看著它皺眉。

「對，是鑰匙。」你說。這段時間，她一直待在地下室，一直被鏈著，不是鏈在床上，就是鏈在牆上。她腰間的鏈子讓她可以到浴室，幾乎也可以到門口，但仍然限制著她的行動。「這是讓你知道我對你的進步有多高興。」你一邊說一邊解開扣鎖。鏈子滑過她的腰間，然後鏗鏘落地。

她的目光出現本能的反應，向門口瞥了一眼，那是出口。「門還是鎖著。」你說。她退縮，好像你會揍她，但你微笑。「沒有地方可以去，莎拉。」你說。「現在別破壞這一刻了。你會乖乖的嗎？」

她低頭看著地板。看著鏈子。「會。」她說。

「說出來。」

「我會乖。」

「你保證？」

「我保證。」

你幫她脫下絲袍，將它往地板扔，就垮在鏈子上。「躺下。」你說，然後看著她坐到床上，躺下。你開始解自己上衣的釦子。「自慰。」你說。她將手放在雙腿間，然後滑進內褲裡。你任上衣掉在地上。「濕了嗎？」

「對。」

「說出來。」

「我濕了。」

「你想要我嗎？」

「想。」

「說出來。」

「我想要你。」

「快一點。手動快一點。把手指放進去。讓手指進出。」她照吩咐做，同時你脫掉自己剩下的衣服。她喘息起來。

「感覺怎樣？」

「感覺很好。」

「你想要我跟你做愛嗎？」

你看見她瞇起眼睛，微微地而已，但表現出的不情願也僅此而已。

「想。」

「說出來。」

「我想要你跟我做愛。」

「你想要我比想要你丈夫更多嗎?」

眼睛又瞇了一下。認命的微小跡象。然後她吞了一口口水。「對。」

「說出來。」

「我想要你比想要我的丈夫更多。」

你的雙手撫過腹部,滑至雙腿間。「你喜歡我的身體嗎?」

她的目光跟著你的手移動。「喜歡。」她說。「對,我喜歡。」

你微笑。你上了床,爬到她身上。不用開口,她自動張開雙腿環抱著你。你感覺到她的乳房平貼在你胸前。你親吻她的脖子,舔她的耳朵,接著,你第一次親吻她的嘴唇。她回應你的吻,不急切,不熱情,但她吻了你。

你掙脫開來,低頭看她的臉。她的臉頰紅潤,呼吸粗重,嘴巴微微張

開。她的一顆犬齒上染到細細一抹唇膏，像一小塊血。「莎拉，我要跟你做愛，給你前所未有的性愛。」你說。「這是你想要的嗎？」

她吞了一口口水。「對。」她的聲音只比耳語大一點點。你吻她，狠狠吻她，將舌頭滑進她牙齒間，侵犯她的嘴，同時在她身上動作。她嗚咽，淚水湧進眼中。這甚至讓你更想要她了。恐懼和性愛，還有最終的死亡。你期盼地顫抖，覺得自己正邁向高潮。

「莎拉，」你向她的口中悄悄傾訴。「接下來會美妙極了。」

* * *

艾德透納住在哈林區邊緣的一棟褐石大樓。再過幾年，這一區會成為新興地帶，但現在只是邊陲而已，我猜他拿一個警察的薪水負擔不了多少。路的那一端有間油膩的咖啡屋，從那裡看得到大樓的主要出口。我抵達咖啡屋時剛過八點，坐在那裡慢慢啜飲一杯熱騰騰的棕色玩意，直到我看見透納出門工作。我等了十分鐘，然後進了那間大樓。牆上嵌著一塊附標籤的按鈕，我按了寫著「透納」的那一個。劈啪一聲，又咯噠響了一下，接著我聽見一個女聲問我有什麼事。

我說我有個特殊郵件要給艾德透納，她要我上樓。機械門鎖發出蜂音，我進去了。透納家在三樓，她已經打開門，鏈子拴著。我透過縫隙，將寫明要給她丈夫的牛皮紙袋交給她。她沒注意到我其實穿著大衣而不是郵差的制服，我也沒說出她身上只有絲袍，底下什麼都沒有。她謝謝我，然後關上門。

我躡手躡腳上樓去，直達大樓的頂樓，在那裡等著。我坐在樓梯上，從頭到尾思考《暢銷作品》。我越是思考它，就越是喜歡它。它變得類似《沉默的羔羊》，但觀點是來自連環殺手自己。這部作品絕對適合布萊恩狄帕瑪。或者，說不定也適合迪諾德羅倫提斯。

我坐在那裡可能有一個小時左右，杰里莎透納才出門。我從樓梯井往下看，看見她穿得很溫暖，拿著一個手提袋。我不確定她是要去購物或工作，但這不重要，因為我沒計畫要在他們家待很久。我敲門，以防他們家還有別人在，但門後沒有回音。門上有兩道鎖，沒法被挑開的門閂鎖上，得要鑽開才行。不過，我看到地址時就知道會有這種鎖，所以身上帶了鐵撬。我把鐵撬從大衣裡拿出來，插進門口的側柱，使出所有力氣扳它。一個撕裂的聲音出現，門框裂開，我用肩膀撞門，門鬆動了。再撞一下，門就盪開了，一尺長的上漆木頭裂片差點掉下來，但我用戴手套的手接住，將它一起帶進屋裡。我關上門，站著側耳傾聽。寂靜。

這是兩房的公寓，但其中一間臥室被改成書房。書房裡有一台文字處理機，一個檔案櫃，一塊告示板上釘著大量剪報。杰里莎透納的名字出現在幾篇報導中，報導是來自不同報紙跟雜誌，所以我猜她一定是自由撰稿的記者。這些報導完全沒有沉重之處，大多數似乎跟地產有關，而且，老實說，她的作品不是很優。

臥房裡有一張特大雙人床，衣櫃上嵌著鏡子，我站了一下，看我在鏡中的影像，想著杰里莎跟艾德在棉被底下會做什麼。家具很乾淨但破舊，好像他們擁有這些家具已經一陣子了，地毯有幾處已經磨損。角落放了一台小電視機，對面是長長的皮沙發，一面牆擺滿了書架，所以我想透納家喜歡讀書應該勝過看電視。我用鐵撬砸爛電視，把所有書都從書架上扔下來。我從廚房拿了一把大型切肉刀，把沙發割成碎片，然後捅棉被跟床，直到四周都是羽毛。我把他們所有的衣服都從衣櫃裡拉出來丟在地板上，然後站在床上對衣服小便。廚房的冰箱滿是食物，我把食物拿到客廳丟得到處都是，把牛奶倒在書上，然後我去她的書房，毀了那裡。

我從臥房的梳妝台拿了一隻唇膏，在嵌了鏡子的衣櫃上，用大寫字體寫了「爽不爽啊，黑鬼？」手法很不賴，黑鬼這一招。只是要防止他覺得這件事可能是幾個小混混老毛病又犯了。這行字和沒有東西被偷的事實，應該要讓矛頭指向我。畢竟他是個探員吧。我看著用紅色寫的「黑鬼」那兩字，其實感到內疚。會這樣寫不是因為我有種族歧視，我差不多把每個人都當賤民對待，不過這樣寫可以讓透納抓狂。非常抓狂，我就是希望他這樣。我把鐵撬丟在客廳中央，然後回家去。

我踱步等待。這可以讓人冷靜，重複的步伐撫慰我腦中有意識的那部分，任潛意識自由自在遊蕩。踱步是解放。我猜這就是動物園裡籠中動物會走來走去的原因。這讓牠們自由，至少在牠們的心裡是如此。

我開始在心裡思考《退房》的部分對白，但感覺不對，我不知道是否該直接拋棄這個計畫，開始思考別的構想。我知道我應該開始寫《暢銷作品》，但有事情制止了我。也許是瑪辛柯。也許這個故事需要別的結局。比如有著驚人藍色眼睛的美麗警察愛上殺手。說不定她甚至成為他最後一個受害者。我喜歡這個構想，琢磨了一陣子，可是艾德透納一直闖進我的腦海裡。透納在電影裡會是個好角色。那是一個高、體格好的黑人警察，也許可以找衛斯理史奈普，旁邊則是美麗的記者妻子，兩人攜手想在大城市熬出頭來。

我一邊踱步一邊想這條線，很快就有了一個構想。這個構想要有簡短俐落的片名，而我也想到了。《ＤＮＡ》。每個人都知道ＤＮＡ分析，知道它一直被用來破案，但是有一種感覺，我不曉得怎麼說，它有一種類似饒舌的感覺，好像這個名字屬於一幫黑人青少年，就是運動衫上有帽兜，脖子戴著金鏈子的那種。對，《DNA》。我愛這個片名。故事也很棒。我差不多就照著透納在現實生活中的樣子去想，但可能會去掉有戴眼鏡這件事。我最近有種感覺，他戴眼鏡只是在做效果，他的視力一點都沒問題，眼鏡的鏡片只是一般玻璃。也許他覺得，如果老闆認為他是好學的類型，他就會被擢拔得快一點。透納警佐是有野心的人，我覺得他把我看作步步高陞的其中一階。

好，所以《DNA》的情節差不多是這樣的。一個負責緝查藥物濫用的中年黑人警探，也就是沒有戴眼鏡的透納，他有家庭問題，包括兒子是不良少年，妻子永遠得坐輪椅。我想像杰里莎的模樣，只是她的雙腿不會動了。這個警探愛老婆，可是她沒辦法再擁有性生活，所以他在妓女身上尋求慰藉。他恥於自己得付錢做愛，但沒有其他解決之道。妓女們喜歡這個警探——他基本上是個好人——有幾個妓女成了他的線民。警探常跟其中一個女孩做愛，但皮條客讓他們很煩，因為皮條客常常痛打她。警探和

皮條客打架，警告皮條客不要再碰那個女孩，接著就離開，回去老婆身邊。第二天，那個妓女被發現遭人殘忍地謀殺。法醫在那女孩體內發現了精液，以此進行了DNA分析。警探心知自己必須找出殺手，否則就會成為嫌疑犯。皮條客知道警探離開時，那個妓女仍然活著，所以警探去追蹤那名皮條客，但皮條客也被謀殺了。警探被自己正在調查的毒品首腦設計困住——所有證據都指向這名警探有罪。

這個第一幕很棒，但我還沒能繼續推展故事，門口就響起重擊聲。我看向窗外，意外發現外面天色已經黑了。我打開大燈，走進放床的凹室，然後打開門。我先掛上門鍊，但我無須費心，因為一打開鎖，他就全力撞門，木頭都裂開了。螺絲釘被從安全鍊上扯下來，他再踢一次門，門就飛開了。

透納沒戴眼鏡，眼神野蠻到近乎瘋狂。我退到屋裡中央，他把門甩上。我現在才意識到他拿著那支鐵撬，他把它當球桿似地左右揮舞。他的上唇抿成無情的冷笑，下唇有幾點唾液泡沫。透納失控了，如果我不小心，他會做得太超過。「怎麼了？」我問，雙手向前一攤。「我做了什麼？」

「你知道自己做了什麼。」他說，激烈地揮舞鐵撬。曲狀那一端砰地打上我肚子，我痛苦地彎下腰。

很難呼吸，但我得把話說出來。「我什麼都沒做。」我說。他抓住我的頭髮，把我向前拉，然扯著我轉圈，拉我去撞門邊的牆。我的後腦狠狠撞上牆，我覺得雙腿發軟。透納用鐵撬痛打我的腿，擊中左膝。痛苦來得很劇烈，勝過我抽搐的腹部和被重毆的頭部，激烈的刺痛一路麻痺整條腿。透納舉起鐵撬，朝我的腦袋揮下，但我滾到一旁，跌跌撞撞，因為受傷的腿已經沒法支撐我。我向前倒下，試著爬到屋裡中央，但透納一隻腳踩在我背上，開始用鐵撬痛毆我的右臂。

我尖叫並滾到一旁，可是那隻腳讓我不得不貼在地上。我苦苦懇求他住手，持續大叫自己沒做任何壞事。

「你以為你他媽的聰明啊！」他高喊。他停止用鐵撬揍我，腳移開了

我的背。我用手將身體拉向前，但還沒移動多少寸，他就踢了我的肋骨。我感覺一根肋骨斷裂，我試著滾走避開他的腳，但最後躺著動彈不得，像翻不過來的烏龜，沒法再移動。

「拜託住手！」我大叫，但他再次踢我，這次更用力。痛苦灼燒我整個胸口。天啊，我之前完全不知道會這麼痛。他站在我旁邊揮舞著鐵撬，有可怕的一瞬間，我以為他會用它敲碎我的頭骨。我現在才想到自己可能活不過這一次了。我舉起雙手來保護頭，但他在最後一分鐘轉換了目標，痛毆我的胸口。痛苦的淚水湧進我眼裡，我幾乎昏過去。透納再次舉起鐵撬，但接著把它丟到一旁。我聽見鐵撬撞上牆的聲音，然後他坐到我身上，兩邊膝蓋各在我腰部一側。他抓住我的雙手，把它們拉開，然後甩我巴掌，用力到我的牙齒喀噠作響。我不小心咬到舌頭，嘴巴滿是鮮血的金屬味，我得把血吞下去才不會嗆到。他又用力揍我的臉，右手伸到背後，拿了一把左輪手槍出來。他用大姆指扳起擊鎚，然後將槍管插進我嘴裡。金屬槍身摩擦我的牙齒，我作嘔起來，但他將槍管推到我口腔更深處。

「我他媽的要把你腦袋轟了，瓦勒！」他大吼。

我試著搖頭，但我動不了。我看得出他扣著扳機的手指收緊，我開始顫抖。不應該發生這種事。不應該變得這麼誇張。

「你闖進我家！你毀了我家！」

我試著嚥口水，但喉嚨太乾。槍的準星壓著我的上顎，我的腹裡翻騰，好像就要嘔吐出來。他很重，大部分重量似乎都在我斷掉的肋骨上，但我只感覺得到嘴裡的槍。他扣著扳機的手指仍然在收緊，他的眼神有嗜血的渴望，我知道自己離死在這地板上只剩幾秒鐘了，待會我的後方頭骨就會被警察的子彈轟開。

突然間透納沉默下來，我看得出那股張力明顯溜逝，好像他逐漸開始恢復自制力，好像他終於意識到做的事有多麼窮凶極惡。他仍然很生氣，臉龐依舊滿是怨恨與憤怒，但殺人的衝動消失了。

「你再靠近我家或我老婆，我就殺了你，瓦勒。」他說，同時將槍管更深地插到我的喉嚨。「我會打斷你他媽的身體每一根肋骨，然後我會讓你天殺的吃我一槍。搞清楚了沒？」

我眨眨眼。我沒法說話，我被他的警用特製手槍弄得窒息。「他媽的搞清楚了沒？」他大喊。

我點頭。我唯一做得到的就是點頭。

透納盯著我，然後緩緩把槍從我嘴裡拿出來。他起身時，眼睛始終盯著我的眼睛，然後他心裡某個東西又斷掉了，他野蠻地踢我的腹側。一次。兩次。第三次。他抬起腳，正要再次踢我時，停了下來。他朝我的臉啐了一口，那口痰濺在我嘴唇上。「你他媽的不配！」他發出鄙夷的聲音，然後背轉過去，離開屋子。

我躺著幾分鐘，想喘過氣來。我小心翼翼地觸摸腹部。痛得要命，但我覺得骨頭沒斷，說不定就是裂而已。我的膝蓋劇痛無比，但我還可以移動腿。我謹慎地翻過身來，因為我還不確定自己傷得有多重。床底下攝影機的紅燈閃爍，就像某種半潛伏的掠食者。

* * *

你將眼睛湊向偷窺孔往裡看去。從偷窺孔窺視幾乎跟錄影一樣令人興奮，畢竟這是實境。她真的在那裡，離你只有幾尺，活生生在呼吸，不知道你在看著她的一舉一動。當然，錄影是刺激性慾沒錯，它表現了你對俘虜的掌控權，你有本事讓她們照你的希望做任何事；可是在她們不知道的狀況下偷看，這是不同的權力。

她坐在床上檢查鏈子，好像盯著金屬扣環就會找到瑕疵處。她一直在鏈子上尋找時，你微笑了。這感覺就像你會蠢到給她可能會斷掉的鏈子。就算她弄斷了鏈子，然後呢？她要去哪啊？她絕對已經學到靠近門口的教訓了。

你佩服她的精神：大多數受害者像莎拉被俘虜得這麼久時，通常只是躺在床上、盯著天花板，聽天由命。或許這是因為她身為人母，也許這是她母性精神的某種反映。你換眼睛看，用左眼望進去，同時手像有自己的生命一般滑進雙腿間。看她在裡面實在太令人興奮了，她坐在那裡陰謀計畫，想找到方法逃脫你的掌握。沒人逃出去過。以後也不會有。她是你的，聽你的慾望擺布。直到死亡來接替你的控制權。

你期盼地顫抖。很快就該迎接最棒的部分了。

* * *

我長長地啜飲一口琴湯尼，看著螢幕上的自己跛腳走出法院大樓，左右邊各有一個能幹的律師。這個畫面在螢幕上沒有實際上那麼忙亂。當時我覺得自己就要被飢渴找題材的大批媒體吞噬，似乎有無數閃光燈在我目光的落點不斷閃爍。電視似乎讓一切都顯得比較渺小。我俯身將玻璃杯放在咖啡桌上，咕噥呻吟，因為我的腹部還有點痛。

螢幕上的我停住腳步，深呼吸，一堆麥克風擠到我下巴處。大家急急喊叫著眾多問題，其中一個律師舉起一隻手請大家安靜，這樣才能清楚聽到我的聲音。

一個聲音在嘈雜聲中獨自竄出。「你要怎麼處理那筆錢，馬文？」

我微笑，有幾個記者笑出來。「我會做聰明的投資。」我說，帶著悲傷的微笑。我的一隻手臂放在背帶中，但就跟跛腳一樣，這麼做與其說是為了自己，不如說是為了評審團。手臂很快就痊癒了，膝蓋只有在我彎膝時才會痛。我幾乎百分之百健康，但我的律師認為在庭上每露出一次痛苦的表情，就多值五萬美元。他們知道自己在說什麼。我從本市得到三百萬元。三百萬美元。這還不包括我把錄影賣給「六十分鐘」[10]所得到的二十五萬美元，以及我的經紀人把版權賣到世界各地後的收益。這個錄影變得幾乎跟羅德尼金[11]的錄影帶一樣出名。透納把我打得死去活來。透納用鐵撬痛毆我。透納拿槍塞進我嘴裡。

「你現在對艾德透納有什麼感覺？」一個金髮的電視記者問，她的微笑燦爛到令人暈眩。

我聳聳肩。「我沒有什麼話能說。但至少他不繼續在警界服務了。」

「你會去看他的審判嗎？」

我微笑。「我想我跟艾德透納見面見夠本了吧？」

記者笑出來。「你現在打算做什麼，馬文？」一個記者問。

「我手上有好幾個計畫。」我說。「我的經紀人已經接到幾間好萊塢片廠的邀約，我期待過沒多久就搬到西岸去。」我的經紀人。我喜歡這個詞。事實上，有錄影存在的事一曝光，大家就排隊要找我當客戶。就這一次，是他們在追我，不是我在追他們。還有人提出更多問題，但律師們帶

10 「六十分鐘」（Sixty Minutes），美國哥倫比亞廣播公司的老字號新聞節目。

11 羅德尼金（Rodney King），非裔美國人，一九九一年時因酒駕超速拒捕，遭警方毆打及壓制，部分過程被附近居民喬治哈樂迪（George Holliday）拍攝下來，並在次日交給洛杉磯當地電視台。這段錄影在短短幾天內迅速流通，在全美各大電視台播出，羅德尼金受到的起訴隨即被放棄，換成四名毆打他的警察遭起訴，羅德尼金及其律師展開索賠。大陪審團最後決議警方無罪，但觀看錄影後的民眾多認為警方有罪，以致裁決完畢的兩小時後，就發生了洛杉磯暴動。之後該四名警察迅速被再次起訴，最後有半數服刑，半數無罪開釋。

著我擠出去。我們已經把這件事的獨家報導權，以一大筆錢賣給其中一間八卦小報，接下來的下午和晚上，我都待在廣場飯店的一間套房裡掏心掏肺。

新聞播送結束，我拿遙控器把電視關掉。我躺在沙發上，盯著天花板。一切都進行得好順利。市政府給了巨額賠償，賣掉錄影和報導讓錢大筆湧進，好萊塢執行長們來敲我經紀人的門，而經紀人想跟我聯絡時，就會有個祕書來叫我「瓦勒先生」。還有一個額外的獎品，艾德透納被法庭以企圖謀殺的罪名起訴。據我的律師們轉述，他可能會做答辯協議，將罪名減輕為攻擊，但會花三年坐牢，警官的職業生涯也就此結束。他也把他的說法拿去八卦小報兜售，但要價比我的低多了。

我再次坐起來，呻吟了一下，之前裂掉的肋骨正讓我知道它還沒完全痊癒。咖啡桌上的琴湯尼旁有兩封信。那是我今天早上從家裡拿來的。透納和瑪辛柯當然是對的。我的確有別的住所。一個房子，紐約州北部的一間大宅，石砌，石板屋頂，房間多到我用不著，有可容兩輛車的車庫，最

接近的鄰居也在一百碼以外。我有這間屋子超過五年了，而且瑪辛柯是對的，這是用我爸的遺產買的。那是間好屋子，優秀堅固的上層中產階級住家，可是不是適合作家勤奮工作的那種地方。至少初出茅廬的作家不行。如果一切都照著計畫走，我很快就會搬到洛杉磯。說不定搬到聖塔蒙尼卡。就住在海邊。

那兩封信來自汽車監理所。他們告訴我莉莎瑪辛柯住在哪裡，她幾歲，她開什麼車，以及實際上她仍未婚。

我坐好重讀那封信。我原本不打算再找她，真的是這樣。不過我在離開家的路上差點撞上她。我對她天真一笑，但她的冷淡把我逼開，看我的眼神好像我是一個垃圾。我將信放進外套口袋，問她是不是來一般交際，但她沒心情調情。她叫我離開這個地方。我微笑說我反正原本就要走，但她就是不釋懷，她要繼續進逼。她跟我說她曉得我設計了透納，我刺激他，知道自己有錄影就有足夠的證據。我仍然試著示好，跟她說我知道她讓我待在公園聊天時，透納正在我家翻箱倒櫃，還毀了我家來嚇我，可是他們找錯恐嚇的對象了。即使在那個時候，我都準備好要釋懷，但她持續進逼。她跟我說，她以為我是反社會的人，透納是個好警察，我毀了他，如果我不離開這個地方，她會來追殺我。我繼續微笑，繼續想得到她的認同，但她跟石頭一樣。我留她站在門階上，盯著我的背影。我感覺得到那一路上她的痛恨始終灼燒著我。

我把信緊緊捲起來，然後又喝了一口琴湯尼。我原本打算不去煩她了，原本真的是這樣，但她現在把這件事變成私人恩怨了。在能犯下的過失當中，她犯了最糟糕透頂的一個。她低估了我。我恨這個。我最恨的就是這件事。

＊＊＊

你把購物袋放在廚房桌上，一個接一個拿出裡面裝的東西。你在手中掂掂鋼鋸的分量，然後用一根手指輕輕摩擦刀刃。你第一次肢解屍體用的

是木鋸，木鋸很快就變鈍了，從那時起你開始用鋼鋸，這樣就可以照需要經常更換刀刃。你拿起六入裝的替換刀刃，將它們放在桌上。通常都要消耗六片。

你從紐澤西的五金行買了兩把刀，一把大的屠刀用來切斷肌腱，小的剝皮刀用來剝皮。你總是會買新的刀。一部分原因是你需要非常鋒利的刀，但更重要的原因，在於你一用完它們就總是會扔掉。不管你把它們清得多乾淨，刀子永遠會留下痕跡，極微小的血跡和骨頭碎片，都足以讓你下半生在無情的牢裡度過。更何況買器材有其緊張的樂趣。你想起五金行的店員如此熱切要討好你的方式，你泛起笑容。他才不曉得你計畫拿採買物來做什麼。

這裡有罐刮鬍泡跟一包拋棄式剃刀。你要讓她先為你除毛。你要看她真正的裸體。黑色塑膠袋二十個一卷。你不需要用到二十個，但大量買比較便宜，袋子上面有封口用的金屬夾，這比塑膠繩安全。空氣清新噴霧是松香味。你以前試過花香味的版本，但一直沒有真的藏住那股味道。松香味強多了。大部分切割你是在浴室進行，但地板上老是有些渣滓，所以你買了一些瓷磚清潔劑和抹布。外加一支地板刷。

＊＊＊

瑪辛柯的家在布魯克，俐落的單層住宅，位在一個小區，四周圍著鐵絲網。她的車沒停在住家前面，這裡也沒有車庫。現在剛過五點，我猜她會在六點過後回來。也許是七點。如果她在辦大案子的話，也許會回來得更晚。我有大量時間。

我走到往屋前的小徑，按了門鈴。我一邊等著屋裡會不會有人回應，一邊檢查屋外有沒有警報系統。我沒看見。我站在門口，查看街上，注意有沒有鄰居出現。沒有擔心的必要，附近唯一活著的生物，似乎是一隻品種不明的黑狗。我按的門鈴無人回應。我不意外，因為我知道她未婚，而她也不是會跟媽媽一起住的那種女人。我走到房子的一側。我拿著一個購

物袋，裡面裝著一卷膠帶、一把螺絲起子和一個滑雪面罩。我沒帶刀，以免倒楣到被抓到闖空門。

別處看不見房子的後面，所以我可以盡情花時間檢查窗戶。窗戶全都鎖上了，但就我目前看得到的地方來說，沒有任何一處裝警鈴。廚房前面有張鞋墊，我滿懷希望地把鞋墊掀起來，但底下沒有鑰匙。我四處檢查，抓住微小的機會，看瑪辛柯會不會蠢到把備用鑰匙放在某處，可是我沒找到。

後門只有一個鎖。要強行打開容易極了，但我不用那樣做，因為門旁邊有一扇小窗戶，對我來說正是完美。我一邊將撕下的膠帶貼遍玻璃，一邊微笑。橫向思考，小偷只需要這個。我戴著皮手套，所以直接用拳頭打破窗戶。這麼做發出了嘎嘎碎裂聲，但幾乎沒有任何破片掉到地上，大部分都繼續被黏在膠帶上。我小心把玻璃取出，將它放進後門的垃圾桶。我俯身到窗戶內，將窗簾推到一旁。她把鑰匙留在鎖裡，轉開它只是小事。門的頂端有個金屬門栓，我將它推開。十秒鐘後，我就站在廚房裡了。我將門重新上鎖與上栓，然後將破窗前面的窗簾斜置。從屋內不可能知道房子被侵入了，而因為瑪辛柯把鑰匙留在鎖裡，她顯然是進屋，然後從前門出去。

我口渴起來，聽得見血液在腦袋奔湧的聲音。我舔舔嘴唇，從廚房的水龍頭倒了一杯水給自己，一邊慢慢喝，一邊瀏覽屋內。廚房桌上有些買回來的東西，好像她沒法分神去整理它們，好像她有心事。我一個個打開廚房抽屜，直到找到我要找的東西——她的刀。我選了一把長長的木柄菜刀，刀刃很堅實，刀尖銳利。我拿它在手裡掂掂分量。非常平衡，很完美。

我再次看看錶。我有大量時間。我把大玻璃杯放回瀝乾板，然後穿越客廳。這裡整潔得一絲不苟，好像百貨公司櫥窗裡的實物模型房間。沒有東西不相稱，而且看不到私人物品。沒有照片，沒有紀念品，完全沒有會把房子變成家的典型廢物。有兩張沙發，看起來好像從來沒人坐在上面過，一張玻璃及鉻合金製的咖啡桌，一台昂貴的電視和一套高傳真音響。

石造壁爐的兩邊都有內嵌式的書櫃，但幾乎沒幾本書。這跟我預想的不一樣。跟我預想的完全不一樣。

走廊的另一端，是另一個房間，但沒有家具。我皺眉。也許她缺錢，沒法為整間房子買齊家具，可是感覺不對勁，因為房子其他地方的家具看起來都很昂貴。這個莉莎瑪辛柯，她是個奇怪的女人。

我爬上樓梯，即使我知道屋內沒人，還是躡手躡腳地動作。樓上有三個臥房，但只有一間有家具，包括一張單人床，兩個松木衣櫥和一個梳妝台。這裡就有些個人風格了：梳妝台上放有化妝品，白色花瓶裝著乾燥花，黃銅時鐘擺在床邊桌上，但仍然跟樓下的幾個房間一樣貧瘠。其他臥房是空的，不過鋪著地毯。這間屋子的所有房間都鋪著一模一樣、沒有特徵的灰棕色地毯。我打開衣櫥。她的衣服掛得跟閱兵時的士兵一樣整齊。我用戴著手套的手逐個摸過衣架。這房子有地方不對勁，但我不怎麼能指出不對勁的是什麼地方。一切都太整潔了，太有秩序了。這裡讓我想起樣品屋，室內設計師將一切拼湊起來，想讓屋子看起來有人住，想隱瞞它只是個空殼的真相。就連衣服，看起來好像從來都沒被人穿過。這裡沒有照片、沒有泰迪熊、沒有信，也沒有任何私人物品，好像她在掩蓋自己的形跡。

我回到樓下，覺得心神不寧。我搜查透納家的時候，強烈地感覺到自己在他的領土上。那裡很混亂，處處都顯現他的個性，而且我有侵入的感覺，覺得自己在不該在的地方，看見他不希望我看見的東西。我闖進透納家時感覺到自己握有權力，但在瑪辛柯家就沒有得到這種感覺。我可以砸爛這個地方，但不會有任何意義。而且我知道她不會在乎，這一點我毫不懷疑。這屋裡沒有一絲一毫的她。

我環顧四周，想找地方躲起來。我想出其不意地嚇她，但我得小心，以免她不是一個人回家。而且我一定絕不能忘記她是警察，她佩著槍。我右手拿著刀，感覺很好。莉莎瑪辛柯會懊悔她低估我的那一天。

樓梯底下有個可以容身的櫥櫃，但它太小了，如果我讓櫃門開著，她開前門的時候一定會注意到。我不想躲在樓上，因為我不知道她會過多久

才就寢，而且樓梯在我踩上去的時候嘎吱作響。

我回到廚房裡。爐子旁邊有個門，我打開它，發現一個大型食物貯藏室，裡面嵌著幾個木架，高高堆著罐頭食物。門內就有燈的開關，我打開燈。一個螢光燈乍然亮起。這間貯藏室相當龐大，幾乎跟樓上最小的臥房一樣大。裡面看起來像生存主義者的倉庫，有足夠一個人至少度過一年的食物。我皺眉，站在那裡看著貯備品，想著一個警探到底為什麼需要這麼多的食物。

我聽見一台車在外面停下的聲音，我的心開始砰砰狂跳。我不想冒險接近窗戶，所以我決定留在貯藏室裡。我關掉燈，帶上門，只讓它留一條縫。我把眼睛湊在空隙中，看見通往走廊的門。我吞著口水，嘴巴乾到幾乎疼痛。我忽然想起滑雪面罩，我把它從購物袋拿出來戴上。我要給莉莎瑪辛柯一個她永遠不會忘記的教訓。

我使盡全力去聽車門打開與關上的聲音，但我只聽到另一台車輛經過的聲音。我不知道自己是不是沒聽到她下車，但我沒聽到小徑上有腳步聲。貯藏室的門盪開，我抓住門把將它拉回來。鉸鍊咯吱作響，聲音似乎傳遍了廚房。我繼續緊緊抓著門，但我的手在發抖，我感覺門在顫動。我放開門，但它立刻又開始盪開。我無聲地咒罵。外面發出一個聲音，但我不知道那是什麼聲音。那不是車門，不是腳步聲，不是鑰匙插進鎖裡的聲音。我不知道那是什麼聲音。我腦海裡滿是一個畫面：警車在屋子前方排排停住，特警隊從沒有標記的貨車上蜂湧而出，鄰居從網織窗簾後面偷看。我閉上眼睛聽，但什麼聲音都沒有。我的手在手套裡冒汗，滑雪面罩讓我發癢。雙手的顫抖變得更嚴重，我發誓我看得出門在搖晃。我將門拉近，直到它幾乎完全關上。

我閉上眼睛，然後快速眨眼。感覺好像有人拿沙子擦過我的眼珠。貯藏室裡黑得像瀝青，但我往下看時，才發現底下有燈光穿過木頭地板映上來。起初我想可能是眼睛缺乏受光，為大腦帶來了幻覺。可是過了一分鐘左右，我可以清楚看到有四條剃刀這麼窄的燈光，後方的壁面上形成了一個矩形。我將耳朵湊向門的縫隙，但外面沒有聲音。

我把門拉上，跪在光線形成的矩形旁邊。我的手指摸索，在其中一塊發光的長方形木板上找到一個小洞。我將兩根手指伸進去，往上拉，一道活板門流暢地打開，流暢到裡面一定有某種平衡機械裝置，因為木頭本身其實又厚又重。我把活板門拉開時，光線湧進貯藏室，在牆上投出詭異的陰影。我站著側耳傾聽，但還是聽不到任何聲音。

一段金屬樓梯通往地下室。我緊張地嚥口水，但我已經做了那麼多，我得搞清楚這裡到底是怎麼一回事。這不是我可以拍拍手走人的那種秘辛。我緩緩走下樓梯，把刀子拿在身前，焦慮感尖聲說我應該直接離開這間屋子，好奇心則說不行，我得繼續，我得找出莉莎瑪辛柯在搞什麼鬼。

樓梯通往一個漆成白色的通道，大約二十尺長，通道的盡頭是一扇門。我慢慢向門走去。我只聽得見自己的呼吸聲，還有渾身上下的脈搏聲，脈搏跳得越來越急。門上嵌著一個偷窺孔，牆上有數字鍵盤，那是一個保全進入系統。偷窺孔在低處，幾乎是在我肩膀的高度，我得彎腰來將眼睛湊上去。

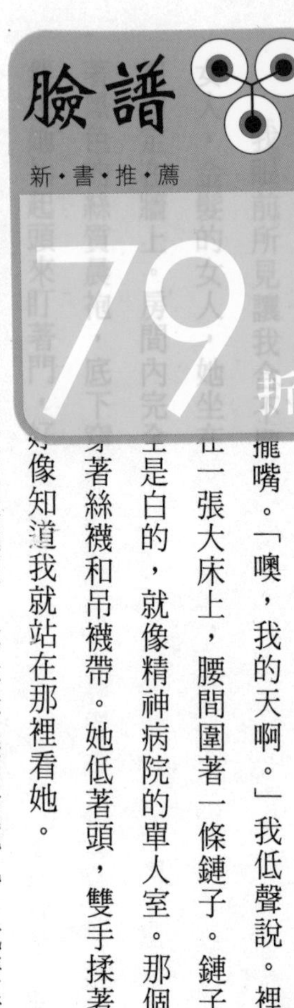

[illegible]眼前所見讓我合不攏嘴。「噢，我的天啊。」我低聲說。裡面有個[illegible]髮的女人，她坐在一張大床上，腰間圍著一條鏈子。鏈子的另一[illegible]牆上。房間內完全是白的，就像精神病院的單人室。那個女人穿[illegible]絲質[illegible]，底下穿著絲襪和吊襪帶。她低著頭，雙手揉著眼睛，[illegible]起頭來盯著門，好像知道我就站在那裡看她。

她知道我在這裡的感覺太過強烈，我急急退開偷窺孔。我雙手扶門，搖了搖頭，想釐清思緒。我再看過去時，那女人站在床邊，臉朝下。她幾乎是膽怯地抬起頭來，然後再度轉開目光。我像被一束閃電擊中，我意識到她是誰了。莎拉霍爾。然後我同樣迅速地意識到這一切代表什麼，這恐懼讓我透不過氣來。我嚇壞了，我這[illegible]沒有這麼害怕過。

就在這時，我聽見身後傳來聲音。我轉過身來，睜大眼睛，心跳劇烈。我應該早就要發現。我應該早[illegible]。我應該要知道的。我一直都太笨了。天殺的愚蠢。她就站在那裡[illegible]的眼睛從未如此湛藍。或是如此冷酷。她的左手扶著牆，好像[illegible]撐身體。而她的右手則是一把大型手槍。我犯了一個天殺的大錯。

＊＊＊

你微笑地看著馬文脫下他的滑雪面罩，你遺憾地搖搖頭。就某方面來說，你並不意外在自己家發現他，但你從沒想過他會發現你的祕密。當然，現在你只有一件事能做了。他讓你別無選擇。你收緊在扳機上的手指。這聲音會讓莎拉嚇一跳，但這是無法避免的。反正她的死期也差不多到了。擺脫馬文的屍體不會多困難，要處理兩具屍首就跟處理一具一樣容易。馬文將刀拿在身側，但好像忘記自己拿著刀了。他張口說了某些話，但你不準備聽他講什麼。你將左手食指按在唇上。「安靜。」你低聲說，然後將槍指向他的心口，扣下扳機。